Annette & Norbert Sütsch

CLOCHMAR
Das grenzenlose Versprechen

Ein kleiner Märchenroman über Schicksal und Freundschaft
aus der Sicht einer philosophierenden Hündin.

Dieses Buch ist nie vergriffen und über den klassischen
Buchhandel mit Libri-Anschluß und über Internet-
Buchhandlungen zu beziehen.
Nähere Information unter www.clochmar.de

Frühjahr 2002

© Annette Sütsch
Lektorat: Ute & Rolf Küttner
Umschlaggestaltung: Manfred Jakubke, Berlin
                    www.mjakubke@t-online.de
Herstellung: Books on Demand GmbH
Printed in Germany ISBN 3-8311-2559-7.

Ganz lieben Dank an Dieter, Christa, Roland, Dagmar, und Clochmars größten Fan Carlo, ohne deren Hilfe dieses Buch nie entstanden wäre.

Ganz besonderen Dank an Manfred Jakubke für die intensive Unterstützung bei der Umschlaggestaltung.

Ein kleiner Blick zurück auf den ersten Band* von Clochmars märchenhaften Abenteuern:

Clochmar, eine provencalische Hundedame mit einer Vergangenheit, die alles hat, was das Leben an Überraschungen bereit hält, schlägt sich –mal recht mal schlecht– durch ihr Single-Dasein. Raffiniert agiert sie von ihrem vergessenen wilden Garten aus, der an ein Ferienhaus mit wechselnden Urlaubern grenzt. Clochmar schafft es, aus den Ferienhaus-Gästen zuverlässige Fütterer zu machen – nicht immer, aber immer mit Charme.
Seit dem Unfall-Tod ihres besten Hunde-Freunds, hat das Leben der französischen Hunde-Madame nichts mehr wirklich Aufregendes zu bieten. Denkt sie – bis ein Berliner Pärchen im Herbst an dem Ferienhaus neben Clochmars vergessenem wilden Garten ankommt. Gelenkt von einer guten Laune des Schicksals, entwickelt sich zwischen den Berlinern und Clochmar eine Freundschaft, wie sie inniger nicht sein kann. Jeder versteht jeden, manchmal sogar ohne Worte, und ein herzförmiges Kleeblatt, das aus Feuerfunken in den Nachthimmel am Strand steigt, besiegelt als kosmisches Zeichen den Bund der drei Herzen.

Doch viel früher als von allen Drei gewollt, ist die glückliche gemeinsame Zeit vorüber. Clochmar bleibt, als sie von ihrem neuen Freund und ihrer neuen Gefährtin Abschied nehmen muss, nur das Versprechen, dass die beiden im Frühling zurück kommen. Zu ihr in die Provence, wo das Meer und der Himmel ihre Farben teilen.

Clochmars Lebensphilosophie lautet: „Was das Schicksal dir auf der einen Seite nimmt, gibt es dir auf der anderen Seite wieder zurück. Man muss die andere Seite nur finden, das ist das Problem im Leben."

Ob Clochmar mit ihrem neuen Freund und ihrer neuen Gefährtin diese andere Seite des Schicksals findet, davon erzählt dieser zweite Band der kleinen Märchenroman-Reihe.

* Annette & Norbert Sütsch
CLOCHMAR - eine märchenhafte Freundschaft
ISBN 3-8311-2558-9

DAS VERSPRECHEN DES FRÜHLINGS

Erinnern Sie sich noch an mich, an Clochmar, süffig übersetzt: die Meeresglocke, wie mich mein Freund und meine Gefährtin genannt haben? Ja?! Kaum zu glauben. Merci. Sie haben mich also nicht vergessen. Wunderbar, formidable, knochenstark. Wenn ich Ihnen danken könnte, ich würde es jetzt tun, denn es ist immer schön, wenn sich jemand wirklich an einen erinnert. Aber das Leben hat seine Grenzen und eine davon heißt, dass eine Hündin wie ich Ihnen viel erzählen, aber nie persönlich danken kann. Schade eigentlich.

Wenn mich nicht alles täuscht – und ich täuschte mich in meinem Hundeleben leider schon oft, meist in Menschen – habe ich Ihnen zuletzt mit Tränen in meinen Gedanken davon berichtet, dass mein Freund und meine Gefährtin bald nach unserer Silvesternacht die Provence, mein Lieblings-Haus und mich verlassen hatten. Mit dem vagen Versprechen, zum Frühling und an einem Fest, das sie Ostern nannten, wieder bei mir zu sein. Ostern, toll, – ich wusste nicht mal, wann oder was das war. Dabei kenne ich mich in Festen eigentlich aus, allein wegen dem, was davon übrig bleibt. Reste vom Feste sind das Beste für's letzte Näpfle. Hat einmal ein Schwabenländler gesagt und da will ich bis heute nicht widersprechen. Naja. Statt einem Fest war jetzt das Warten angesagt. Das Versprechen von meinem Freund und meiner Gefährtin mit diesem Ostern – wahrscheinlich gibt's auch noch ein Western, das ich ebenfalls nicht kenne – klang schon gut, aber warme tröstende Worte kosten gar nichts, außer Überwindung. Lügen allerdings kosten Kraft, doch davon später mehr.

Nachdem die beiden weg waren, galt es für mich, von Tag zu Tag, Napf zu Napf, Nacht zu Nacht zu denken. Es brachte ja nichts, außer Trauer, wenn ich ständig überlegte, nach wievielen Sonnenauf- und Sonnenuntergängen vielleicht endlich mal der erste milde Frühlingshauch in der Luft zu schnuppern war. Und mein Freund und meine Gefährtin, sollten sie ihr Versprechen wahr machen, zurück kommen würden.

Ich schwöre Ihnen mit erhobener Pfote und drei Zehen: lange Zeit war an warme Gefühle nicht einmal zu denken. Es ging um's Überleben. Mein vergessener wilder Garten, meine letzte Heimat und Zuflucht, bot nun leider nur wenig Schutz vor dem kalten, grauen Regen, der aus einem Himmel fiel, der in dieser Fröstelzeit tiefer hing und schneller dunkel wurde, als im übrigen Jahr.

Mein Fell war glücklicherweise dicht und voll gewachsen, aber ich wusste sehr wohl, wie schnell ich mir auf dem feuchtkühl gewordenen Erdboden eine Erkältung einfangen konnte. Und es gab nirgends ein wärmendes Plätzchen, wo ich mich hätte auskurieren können. Die Zeiten meines alten Zuhauses, aus dem ich vor Jahren vertrieben wurde, waren schon lange vorbei und die Zeit eines neuen Zuhauses, mit meinem Freund und meiner Gefährtin noch nicht angebrochen. Würde sie je kommen? Ich wusste es nicht, ich wusste überhaupt verdammt wenig, wie mir klar wurde, als mich die Vollmond-Nacht daran erinnerte, dass es längst überfällig war, meinem viel zu früh von mir gegangenen Zwillingsgefährten ein paar drängende Fragen zu stellen.

Glauben Sie mir, es kostete mich einige Überwindung, die klamme Kälte des kleinen Hügels zu ignorieren und mich darauf zu betten, als wäre es eine kuschelige Schlafstätte. Allein die Gewissheit, dass es mir nur auf diese Weise gelang, mit der Seele meines Zwillingsgefährten Kontakt zu bekommen, ließ mich das Frösteln überwinden.

Kaum hatte ich mich an den Hügel geschmiegt, der heute Nacht in dem milchigen Mondlicht aussah, als wäre ein silbernes Tuch über ihn ausgebreitet, fielen mir die Augen zu und mein Herz flog wie ein Federflieger dorthin, wo es die unsterbliche Seele meines Zwillingsgefährten traf. Ich hörte, wie er mich mit ernster Stimme willkommen hieß. Und, ohne dass ich etwas gesagt hätte, klarstellte, dass es mir nicht gut tun würde, wenn ich mich weiter in meinem Selbstmitleid suhlte. Natürlich sei es traurig, dass zwei Menschenseelen, denen ich ebenso nah stand wie sie mir, nur diese kurze gemeinsame Zeit in meinem Revier verbringen konnten. Aber es müsse mir doch auch klar sein, dass selbst die wenigen Tage und Nächte ein Geschenk des Schicksals sind. Schließlich sei es eher die Ausnahme, dass sich heimatlose Menschen- und Hundeseelen überhaupt begegnen.

Und ich sollte aufhören damit, mir selbst einzureden, wie schön es gewesen wäre, hätten mich die beiden mit in dieses Berlin nach Markland genommen.

Meinen zaghaften Einwand, dass es aber der sehnlichste Wunsch von uns Drei wäre, immer zusammen und nie mehr getrennt zu sein, dies aber nur an der Macht scheitere, die die Menschen Geld nennen, bügelte mein Zwillingsgefährte ab. Er habe mir erst vor ein paar Vollmonden ausführlichst erklärt, weshalb das Geld eine Art Gral ist und keine Lust, alles noch einmal zu wiederholen. Ich müsse akzeptieren, dass die Menschenseelen auf der Erde in ihrem Herzen eine Art innere Landkarte finden müssen, die sie zu sich selbst führt. Dabei stehen ihnen eben viele Täuschungen, Blendungen und Irrtümer im Weg und manchmal sie sich selbst. Das Geld gehöre zu den Stolpersteinen; doch auch der Hochmut, das Vergessen und die Verleugnung einer Wirklichkeit jenseits dessen, was Menschen sehen, greifen und denken können, lenke die Menschenherzen ab von dem Pfad, der sie zu ihrem eigenen Paradies leitet und den sie eigentlich fühlen können.

Es kam noch dicker. Mein Zwillingsgefährte begann mir den Kopf – was sag' ich, eigentlich das ganze Fell – ordentlich zu waschen: Ich solle sofort damit aufhören, mir mein Leben mit Grübeleien zu belasten, die zu nichts führten und mich nur davon ablenken konnten, mir endlich mal wieder ins eigene Gesicht zu schauen.

Das verstand ich nun gar nicht. Es klang wie ein Vorwurf und das sagte ich meinem himmlischen Zwillingsgefährten auch. Er lächelte leise und wollte wissen, ob ich denn wirklich schon so weit sei, mein geliebtes Revier – und meine angeblich gehassten Katzenbastarde darin – gegen eine völlig unbekannte Zukunft einzutauschen? Irgendwo, in einem Stadtrevier, das voller Gewalt, Hass, Angst und Krankheit war? Natürlich wisse er von dem Herzkleeblatt, das mich, meinen neuen Freund und meine neue Gefährtin verbindet, aber woher nehme ich denn die Sicherheit, dass es nicht zerbreche bei der ersten schweren Prüfung? Bisher hätten wir Drei doch nur die Sonnenseiten des Schicksals miteinander geteilt. Aber wo Sonne sei, warte auch der Schatten. Erst wenn wir den miteinander durchschreiten konnten, ohne dass unsere Herzen daran zerbrechen, gebe es vielleicht einen gemeinsamen Weg für uns Drei.

Längst hatte ich begriffen, wie recht mein Zwillingsgefährte mit seinen offenen Worten hatte. Ich war halt eine Romantikerin, die sich manchmal in ihren Träumen selbst überschätzte. Aber wo bitteschön, wenn nicht in Träumen, soll man denn noch übertreiben dürfen? Das Alltagsleben übertreibt es doch sonst immer mit uns, statt umgekehrt.

Ich sage Ihnen, irgendwie muss ich mir diese Selbstgesprächs-Philosophiererei abgewöhnen. Ich wusste damals nämlich wirklich nicht mehr genau, worauf mein Zwillingsgefährte mich eigentlich aufmerksam machen wollte. Mal abgesehen von meinem seifigen Selbstmitleid. Das hatte ich kapiert.

Doch es ging doch eigentlich um etwas ganz anderes. Um.., um.., um den Frühling und Ostern, genau! Also traute ich mich, ihn zu fragen, wie ich denn mitbekommen würde, wann dieses Ostern im Frühling naht, und mit ihm mein Freund und meine Gefährtin? Den Frühling kannte ich, den witterte ich, bevor er da war, aber mit Ostern konnte ich nichts anfangen. Obwohl es ein Fest sein sollte. Peinlich.

Ostern, lachte mein Zwillingsgefährte, Ostern, das habe was. Ostern sei eines der besten Menschenmärchen, vielleicht das Beste überhaupt. So wahr und wirklich und gleichzeitig so traumhaft-weise wie jedes gute Märchen. Außerdem traurig und trostspendend zugleich. Es gehe darum, dass das Menschenkind, das an Weihnachten geboren wurde, an Ostern verraten wird und stirbt. Aber nicht tot ist, sondern seiner unsterblichen Seele noch einmal Menschengestalt verleiht, um zu beweisen, dass es eine Heimat jenseits der Erde im Himmel gibt.
Bemerken werde ich dieses Ostern an den bunten Eiern, und den vielen Hasen, die sie bringen.
Das ging zu weit. Also veräppeln lassen wollte ich mich selbst von meinem Zwillingsgefährten im Himmel nicht. Ein Hase, der bunte Eier bringt, was sollte das mit dem traurig-schönen Ostermärchen zu tun haben? Und überhaupt, was hatte ein Hase denn bitteschön mit Eiern zu tun?
Nichts, klärte mich mein Zwillingsgefährte auf, im Himmel rätselten sie bis heute, welcher Spaßvogel sich das mit dem Hasen und den Eiern ausgedacht hat und wie es möglich ist, dass die Menschen sich Jahr um Jahr mehr Eier und Hasen schenken, um Ostern gebührend zu feiern. Hase und Eier zu Ostern sei eben ein gültiges, unhinterfragtes Rätsel, wahrscheinlich eines der letzten der Menschheit, wie mein Zwillingsgefährte hinzufügte, ehe seine Stimme zum Abschied schwächer und dünner wurde, wie ein Bach, dessen Wasserlauf in eine breite Wiese mündet, sich verliert, zerfließt und schließlich ganz versickert.

*

Ich will Sie jetzt nicht damit langweilen, wie ich das Warten auf den Frühling hinter mich gebracht habe. Nur soviel: davor lag der lange zähe Winter und durch den musste ich durch. Irgendwie.

Am liebsten hätte ich in einer Höhle Winterschlaf gehalten oder wäre mit den Federfliegern nach Süden abgezwitschert. Aber Hunde können leider weder wochenlang ohne Nahrung schlafend überleben, noch fliegen.
Also legte ich mir einen neuen, sehr großen Katzenbastard-Napfplünder-Parcours zurecht. Und verbrachte meine Zeit damit, von Beutestelle zu Beutestelle zu wandern, nicht groß nachzudenken und mir neue Unterschlupf-Stellen auszuspähen, wo ich, wenn es zu regnen anfing, mein Fell halbwegs trocken halten konnte. Leider nicht trocken genug, jedenfalls nicht für meine Gelenke, wie sich viel später auf tragische Weise herausstellen sollte.
Natürlich spielte ich auch mit dem Gedanken, meinem Gourmet-Freund Dodo in seiner paradiesischen Restaurant-Heimat einen Besuch abzustatten um auszuloten, ob nicht auch für mich ein Winterplätzchen am Kamin...
Aber der Weg bis an den Strand war für mich allein zu weit, zu unbekannt, zu gefährlich. Außerdem gehörte ich ja genauso zu meinem vergessenen wilden Garten, wie er zu mir. Man muss seinen geliebten Plätzen in frostigen Zeiten auch mal etwas zurück geben. Und sei es nur die Treue. Mehr hatte ich eh nicht zu bieten.

Und viel früher, als ich es gehofft hatte, zeigten sich an den Ästen und Zweigen der Sträucher und den scheinbar saftlos dahängenden Blattstielen der im Winter nur bescheiden wuchernden Pflanzen die ersten Sprieße, Knospen und Baby-blätter. Ein untrügliches Zeichen, dass der Frühling nahte.
Also würde auch bald dieses Eier-Hasen-Ostern kommen. Schon der Gedanke daran ließ mich nicht mehr frösteln, sondern wärmte mir mein Herz. Nicht wegen Ostern, sondern weil mein Freund und meine Gefährtin bald wieder hier sein würden. Bei mir, der Meeresglocke Clochmar und damit bei sich.

Mein Name, den ich eben ungewollt selbst zu mir sagte, sorgte dafür, dass ich in die Gedankenwelt schwebte von damals, dem ersten Treffen zwischen mir, meinem Freund und meiner Gefährtin, als mir mein Name gegeben, sagen wir ruhig geschenkt wurde. Meeresglocke, doch, so seltsam dieser Name auch war, eines ist sicher: es gibt ihn nur einmal, es wird niemals eine zweite Clochmar geben. Also war ich ein-malig, hihi. Und in dieser Einmaligkeit beschloss ich, dass es eigentlich längst angebracht war, meinem Freund und meiner Gefährtin auch Namen zu geben. Ganz spezielle von mir.

Untereinander nannten sie sich je nach ihrer Stimmung: Bärchen, Idiot, Engel, Hexchen, Lahmarsch, und noch einiges mehr. Aber ich wollte ganz besondere Namen für die beiden. Nur welche? Richtig toll typisch sollten meine Namen für sie bitteschön schon sein, aber was war typisch für meinen Freund? Ricard. Natürlich, Ricard war für ihn, was der Sand für die Wüste und das Meer für die Fische ist – lebensnotwendig. Ab diesem Geistesblitz hieß mein Freund für mich „Rick", abgeleitet von Ricard. Rick, natürlich, wie sonst. Und meine Gefährtin? Tja, fairerweise musste ich auch ihr einen Namen geben, der ihren Trinkgewohnheiten entsprach. Was trank sie eigentlich am meisten? Kaffee. Oh oh, wie sollte man davon einen Namen ableiten? Kaffee wird aus Bohnen gemacht, aber mit „Böhnchen" wollte ich sie nicht titulieren. Das klang irgendwie pinschig. Wein trank sie auch, gegen Abend, aber dann flupps. Damit war ich auf der richtigen Fährte. Denn Wein heißt in meinem Revier „vin". Also hätte ich sie „Vina" nennen können. Doch da sie sehr viel Wein trank, beschloss ich, ihren Namen ihren Trinkgewohnheiten anzupassen und nannte sie für mich „Vivina". Basta und Prost, oder Santé und Salute oder was Sie wollen.

Sie sehen schon, meine Laune besserte sich fast beängstigend in der Erwartung meines Freundes Rick und meiner Gefährtin Vivina. Die jetzt langsam mal kommen konnten.

Die Sonne war schon hinter den Hügeln abgetaucht, hatte aber ihre Wärme und ihr Licht noch hiergelassen und sie waren immer noch nicht da. Seltsam.

Endlich, die ersten Stern-Reviere waren schon am Himmel zu erkennen, hörte ich in meinem vergessenen wilden Garten das Geräusch eines ankommenden Autos und sah, wie zwei Lichterkegel die Auffahrt zu meinem Lieblingshaus erhellten. Schon das leise Brummen des Motors hatte mich irritiert, denn der weiße Flocki von Rick und Vivina klang das letzte Mal viel härter. Und als ich erkannte, dass dieses Auto dunkelrot war und außerdem drei Menschen drin saßen, wusste ich genau: hier läuft irgendetwas schief. Jetzt hieß es vorsichtig sein und erst einmal in Deckung bleiben. Denn diesen kleinen roten Bus hatte ich hier noch nie gesehen und sein Motorgesang war mir völlig unbekannt. Merde. Ich versuchte, ruhig zu bleiben und erinnerte mich daran, dass Rick und Vivina bisher jedes Mal mit einem anderen Auto hierher gekommen waren. Also bitte, weshalb dieses Mal nicht? Manche Menschen wechseln ihre Partner, und sie wechselten halt ihr Auto, pourquoi pas.

Als sich die Türen des roten Wagens öffneten, erkannte ich sofort ihre Stimmen. Jaa! Wow!! Mein Herz wurde warm wie ein frisches Croissant. Ich jubelte innerlich: mein Freund und meine Gefährtin waren da, zwar nach Ostern, aber wen kümmerte das jetzt noch.

Blieb die Frage, weshalb sie jemanden mitgebracht hatten. Ich hatte mich auf eine Zeit von uns Drei gefreut und wollte wirklich niemand anderes mit am Tisch haben und hatte auch keine Lust, meinen Freund und meine Gefährtin mit jemand anderem zu teilen. Jamais.

Um ganz ehrlich zu sein, es kam mir wie ein kleiner Verrat vor, dass sie nicht zu zweit gekommen waren. Für mich war es bis vor wenigen Atemzügen wie gestern gewesen, dass wir Drei mein Revier gemeinsam genossen hatten. Aber jetzt beschlichen mich Zweifel, ob sie mit mir genauso glücklich gewesen waren, wie ich mit ihnen.

Hatte ich mir unsere Freundschaft nur eingebildet, eingeredet? War das Herzkleeblatt über dem Feuer und dem Meer eine Laune meiner romantischen Phantasie gewesen?

Ich blieb mit diesen unerfreulichen, bohrenden Gedanken in meinem vergessenen wilden Garten liegen und beschloss, mich nicht zu zeigen. Sondern abzuwarten, wie sich diese neue, mir gar nicht geheuere Situation entwickeln würde.

Rick und Vivina riefen nach mir, ehe sie mit dem Ausladen der Kisten und Koffer begannen. Doch ich ließ mich nicht erweichen und herbeilocken. Erst musste geklärt sein, was dieser Fremdling, mit dem sie freundlich, aber nicht allzu vertraut sprachen, in unserem Dreier-Bund zu suchen hatte.

Mein Freund und meine Gefährtin mussten geahnt haben, dass ich auf der Lauer lag, ihre Ankunft mitbekommen und ihre kleinen Gespräche mit dem Fremdling belauscht hatte. Denn kaum hatten sie die ersten Sachen ins Haus getragen, brachte Vivina meine Decke und legte sie liebevoll vor die Terrassen-Tür. Und Rick stellte lächelnd einen großzügig gefüllten Napf mit edlem Fast-Food daneben.

Weder wollte, noch konnte ich länger widerstehen. Mit weiten, federnden Panther-Sprüngen, wie ich sie so schwerelos zuletzt in meiner Jugend beherrscht hatte, stürmte ich auf die beiden los. Mein Körper war mit einem Mal so leicht wie mein Herz. Ich rannte nicht, ich flog auf sie zu, die Zunge voraus.

Wir schnäuzelten uns, unsere Augen lachten Freudentränen und wie kleine Lärmer feierten wir unser Wiedersehen ausgelassen, ausgiebig, ließen unsere Gefühle tanzen. Wir balgten, kraulten und kuschelten miteinander.

Es war ein Fest für unsere Herzen. Ich wünschte mir damals, es würde nie zu Ende gehen und wusste im selben Augenblick, dass wir uns hier auf meinem Terrain nie mehr so sonnig und selig begrüßen würden.

Ich weiß nicht, ob Sie dieses Gefühl kennen, dass etwas unendlich schön und gleichzeitig nie mehr wiederholbar ist. Wie eine Welle, auf deren perlender Gischt-Krone sich die Abendsonne spiegelt und an den Strand gleitet, obwohl ihre Sonnenuntergangs-Strahlen hinter dem Berg schon nicht mehr mit den Augen zu sehen sind. Einfach magisch und melancholisch zugleich.

Mich beschleicht in solchen Momenten das Gefühl, als ob mir ein ganz kleines Stück der Ewigkeit geschenkt wird. Vielleicht kostete ich deshalb diesen Wiedersehens-Tanz mit Rick und Vivina so lange aus, dass es schon fast peinlich war gegenüber dem freundlichen Fremdling. Der sich anschickte, mein Revier, unser Revier wieder zu verlassen. Na also, hervorragend, war mein erster Gedanke, doch dann verstand ich gar nichts mehr. Denn er fuhr mit dem roten Auto weg. Das hieß, Rick und Vivina waren ohne Auto hier! Wie um alles in der Welt sollte denn zu Fuß ausreichend Beute herbeigeschafft werden? Ich hatte wirklich mehr Fütterer zu meinem Haus kommen und wieder abfahren gesehen, als Katzenbastarde meine Fährte gekreuzt haben. Aber ohne Auto hat sich hier noch kein einziger hergewagt. Aus gutem Grund: es gab weit und breit kein Beute-Lager. Was zum Überleben für Fütterer – und mich – nötig war, musste mit dem Auto angekarrt werden. Dachte ich, bis zum nächsten Morgen, genauer gesagt, bis zum nächsten Mittag. Aber der Reihe nach.

Eine gutgelaunte Sonne begrüßte Rick und mich bereits zur Federflieger-Arienzeit, also ganz früh am Morgen. Ich hatte die Nacht, comme d'habitude, auf der wunderbar weichen und ausladenden – eigentlich eher einladenden, also auf jeden Fall bequemen – Couch im Haus verbracht. Und Rick abgepasst, als er mit seinem Kaffeebecher und dem Glimmstengel – nach einem äußerst kurzen Aufenthalt in dem verjüngenden Zauberzimmer – auf unsere Kiesel-Terrasse ging.

Während wir beide die gemächlich kletternde Sonne bestaunten, erzählte er mir, dass ihn Flocki, sein kleiner weißer Wagen, leider nur fast bis hierher gebracht hat. Eine Autostunde vor dem Ziel hatte Flockis Wasserpumpe schlapp gemacht. Auch nicht schön, dachte ich mir und wunderte mich, dass Ricks Laune trotzdem ansteckend optimistisch war.

Na da hatte ich wirklich schon ganz andere Fütterer-Auto-Dramen erlebt. Beispielsweise bei einem Lackstreifen-Knuffer von dem Maulbeerbaum in der Auffahrt zu meinem Lieblingshaus. Bei zu großen Karossen oder ungeübten nervösen Lenkern war das keine Seltenheit. Ein Baum kann nun mal nicht rückwärts ausweichen. So ein knuffiger Kratzer bedeutete dann meist zwei, drei Wochen Beerdigungs-Stimmung trotz strahlendem Sonnenschein. Und leere Näpfe. Wer denkt schon an einen Hund, wenn der Wagen eine Maulbeerbaum-Macke hat, die das Urlaubs-Budget sprengt?

Rick war anders, glücklicherweise. Er wollte sich die Zeit mit mir nicht verderben lassen durch das Lamentieren über etwas, das eh nicht mehr zu ändern war. So weit so gut und bravo. Ganz ehrlich gesagt machte ich mir mehr Sorgen als er – um die Beute und vor allem, wie wir zu ihr kommen sollten. Ihn schien das nicht sonderlich zu kümmern.
Dabei war die kühle Schatztruhe in der Küche so gut wie leer. Wenn ich es richtig beobachtet hatte, standen da gerade mal zwei Fast-Food-Näpfe Hundefutter drin. Sollten wir uns die teilen müssen, konnten wir gerade mal einen Tag überleben. Bei strenger Diät vielleicht anderthalb.
Es musste etwas geschehen und es geschah: Rick kippte den Rest des vom Abend übrig gebliebenen Rotweins hinunter und verabschiedete sich von mir. Ich sollte – wie üblich – das Haus und Vivina bewachen. Aha. Und er, was hatte er vor? Wollte er sich aus dem Staub machen, womöglich zu Dieter und dort frühstücken? Nicht mit mir. Den Schinken, der auf keinen Teller passt, hatte ich nun wochen- was sag' ich, monatelang vermisst. Wenn schon, gingen wir beide zu Dieter und dem Schinken in die weiße Katzen-Villa. Katzenbastarde hin oder her.
Also folgte ich meinem Freund, der immer wieder versuchte, mich zum Haus zurück zu schicken. Aber wenn's um die Beute geht, kann ich stur sein wie ein Katzenbastard, der vor einem Mäuseloch hockt und sich durch nichts und niemanden vertreiben lässt.
Mein Freund ging den abwärts führenden, kurvigen Weg Richtung Strand. Ich hielt mich anfangs in Sichtweite hinter ihm, bis er schließlich aufgab, mich zurückschicken zu wollen.
Und so trabten wir das letzte Stück Weg gemeinsam, ganz gemächlich Seite an Seite. Sollten nur alle sehen, dass mein Freund wieder bei mir war.

Wir erreichten die Straße, hinter der sich der Strand befand und ich war froh, meinen Freund dabei zu haben. Denn die Autos rasten hier in dichter Folge vorbei, schneller als ein Windhund rennen kann. Irgendwann erspähte Rick eine Lücke zwischen den Autos und wir hasteten, als ginge es um unser Leben, auf die andere Straßenseite.

Der Satz eines Fütterers, der sinngemäß hieß: wer sich in die Stadt begibt, kommt darin um, schoss mir durch den Kopf. Ich rückte noch näher an Rick, denn ein Zurück gab es für mich nicht mehr. Alleine wäre ich verloren und so gut wie tot gewesen. Selbst wenn diese hetzenden Autos wegen mir hätten bremsen wollen, sie hätten es nicht geschafft. Ich musste an meinen von einem Reifen in den Tod geschickten Zwillingsgefährten denken und bekam furchtbare Angst. Ich glaube, meine Beine zitterten sogar ein wenig. Mir war klar, dass ich nur eine Chance hatte, diesen Ausflug lebend zu überstehen: ich durfte Rick nicht von der Seite weichen. Egal wohin er ging, genau da musste ich auch sein und zwar auf gleicher, rettender Höhe.

Nachdem wir nochmals eine dreifache Auto-Spur überquert hatten, auf einer Art Furt, die mit weißen, auf die Straße gepinselten Flaggen als Friedenszeichen an die Autos gekennzeichnet war, stieg mir ein wunderbarer Duft in die Nase.

Wir gingen dem Duft entgegen und steuerten einen Croissant-Tempel an. Rick gab mir zu verstehen, dass ich draußen zu warten hatte. Schade eigentlich, denn soweit ich durch die Tür erkennen konnte, standen die Croissants völlig unbewacht in Schnapphöhe auf der Theke. Aber allein der Geruch, der den Eingangsbereich umhüllte wie ein unsichtbares Tuch, versöhnte mich mit dem Gestank, dem meine Nase in der Nähe der Autos ausgeliefert gewesen war. Rick kam nach kurzer Zeit mit einer prall gefüllten Tüte wieder heraus und wie sich das gehört, bot er mir ein Stück ofenwarmes Croissant an. Ich nahm es dankbar an – als Vorspeise versteht sich. Ganz im Ernst, diese Tüte mit bröselnden Backwaren, das konnte noch nicht alles gewesen sein. Sollten wir Drei den ganzen Tag an trockenen Croissants nagen?

Zumindest Schinken musste noch her, viel Schinken, zwei drei Croissant-Tüten voll. Rick schien dies genau so zu sehen, denn statt Richtung Hügel, wo unser Haus und mein Revier lagen, gingen wir weiter in Richtung Stadt. Allerdings auf asphaltierten Wegen, die glücklicherweise zu schmal waren für Autos.

Vor einem Gebäude, das keine Eingangstür, sondern zwei Glasschienen-Flächen hatte, die ständig aufsurrten und sich – von unsichtbarer Hand gelenkt – wieder schlossen, blieben wir stehen. Es musste sich um einen kleinen Beute-Tempel handeln, denn vor dem Gebäude waren Gemüse- und Obstkisten einladend aufgebaut. Schade, dass ich weder Gemüse noch Obst mochte. Mir wäre es lieber gewesen, sie hätten da draußen Schinken, Fleisch oder eine saftige Knochenkiste angeboten.

Rick bat mich eindringlich, draußen vor der gläsernen Schienentür sitzen zu bleiben und untermauerte diese Bitte mit einem Bestechungsversuch in Form eines weiteren Croissants. Er erklärte mir, dass Hunde in den Beute-Tempel nicht hinein dürfen.

Soso und warum nicht? Die Antwort blieb er mir schuldig. Ein Glück, dass er keine Leine dabei hatte und ich kein Halsband trug. Sonst wäre ich von ihm womöglich wie ein kläffender Köter vor dem Beute-Tempel angebunden worden. Allein die Vorstellung war erniedrigend.

Ich ließ Rick, als er in das Gebäude ging, ein paar Schritte Vorsprung und das war mein Fehler. Denn nachdem sich die gläserne Schienentür hinter ihm geschlossen hatte, öffnete sie sich für mich nicht mehr. Wahrscheinlich brauchte es ein Zauberwort, das ich nicht kannte, um in den Beute-Tempel zu kommen. Ich verfluchte meinen guten Benimm. Das hatte ich nun von meiner Höflichkeit.

Wäre ich ihm nicht von der Seite gewichen, hätten wir beide die Tür passiert und hätten gemeinsam Beute holen können.

Noch nie in meinem ganzen Leben war ich einem Beute-Tempel derart nahe gekommen und jetzt sollte ich draußen vor der Tür warten? Meine Nackenhaare sträubten sich, wie immer, wenn mir etwas gänzlich gegen den Strich geht. Ich wusste mit jedem Augenblick mehr: ich wollte da rein in diesen Beute-Tempel, egal wie.

Meine Chance kam in Gestalt einer mir völlig unbekannten Frau, die mich, während ich mit unschuldiger Miene gut zwei Sprünge von der Tür entfernt kauerte, freundlich ansprach. Sie lobte mich als guten, braven Hund und ahnte nicht, wie sehr sie sich täuschte. Denn kaum hatte sich die Glasschienen-Tür für sie geöffnet, zischte ich mit angelegten Ohren an ihr vorbei in den Beute-Tempel.

Stimmung kam mit mir in den Laden, das kann ich Ihnen sagen: die Frau, meine Türöffnerin, alarmierte die Kassiererin mit einem Schrei. Die Kassiererin alarmierte den Beute-Tempel-

Chef ebenfalls mit einem Schrei und der kam mit einem Schrei und Rick auf mich zugestürzt. Beide schauten entsetzt, als hätte ich mich bereits durch den Laden durchgefuttert; dabei hatte ich gerade mal die Marmeladen-Auslage, ohne etwas zu berühren, inspiziert. Vom Feinsten sag' ich Ihnen, keine Frage, aber nur, wenn man Süßes mag. Den Schinken, um den es mir eigentlich ging, konnte ich nur erschnuppern. Er stand zwar nicht weit weg, vielleicht fünf oder sechs Sprünge, aber dazwischen standen der Beute-Tempel-Chef und Rick.

Den nervös zuckenden Mann in dem weißen Chef-Mantel gestenreich beruhigend, zog mich mein Freund mit diesem gemeinen Griff – hinten im Nacken – aus dem Tempel heraus. Er hätte es nicht geschafft, wenn ich ihn nicht so lieben würde. Denn jedem anderen hätte ich gezeigt, dass meine Zähne mit einem einzigen Biss aus einer menschlichen Hand Knochensalat machen können. Aber ja. Woher ich diese Gewissheit nahm, weiß ich selbst nicht. Noch nie in meinem ganzen Leben habe ich einen Menschen gebissen. Wenn's eng wurde, konnte ich mich glücklicherweise immer auf meine Beine verlassen.

So stand ich also, ehe ich mich's versah, wieder draußen vor der Schienentür. Rick ermahnte mich eindringlichst, ja sitzen zu bleiben, während er die Beute einsacken gehen werde. Und gab mir noch ein Croissant. Ich nahm es, allerdings mit schlechtem Gewissen. Denn mittlerweile war es schon mein Drittes und ich machte mir Sorgen, ob für ihn und Vivina überhaupt genug Croissants übrig bleiben würden, wenn es so weiter ging.

Mein Freund verschwand in dem Gebäude und ich hatte wirklich vor, sitzen zu bleiben, wie ich es ihm versprochen hatte. Doch dann konnte ich durch die Glastüren hindurch beobachten, dass er an dem Schinken vorbei ging, ohne zuzuschlagen. Das gab's doch nicht! Er musste ihn übersehen haben, diesen dickkeuligen, saftigen Brocken der rechts vor der Eck-Biegung nach der Konfitüre auf einer Schneide-Maschine stand.

Ich versuchte Rick durch warnendes Bellen auf seinen Irrtum aufmerksam zu machen. Vergeblich, außer bösen Blicken von ihm, der Kassiererin, der fremden Frau und dem Chef des Beute-Tempels bewirkte mein Gebelle überhaupt nichts.

Was blieb mir also übrig, als nochmals mit dem nächsten Tempel-Kunden in das Gebäude zu flitzen. Obwohl ich mich duckte und klein machte, so gut es nur ging, muss mich die Kassiererin gesehen haben. In Panik, als würde ich ihren Beute-Tempel überfallen und ausrauben wollen, schrie sie „le chien au jambon!", was soviel heißt wie "der Hund ist am Schinken !". Ja wo sollte ich auch sonst sein, wenn nicht in der Nähe meines geliebten Schinkens?

Niemand wollte das verstehen, nicht einmal Rick. Schon gar nicht der Beute-Tempel-Chef. Er wiederholte nur ständig sinngemäß denselben Satz, wonach Hunde leider keinen Zutritt hätten. Aber Hunger hatte ich und zwar auf den Schinken und damit basta.

Ehe sich das Hinaus-Geschleppe vor die Tür wiederholen konnte, entwand ich mich dem von Rick versuchten Griff in meinen Nacken. Diesmal nicht, mon ami.

Der Beute-Tempel-Chef, Rick und ich standen nun da wie Schachfiguren, die nicht wissen, welchen Zug sie als nächstes machen sollen.

Schließlich setzten sich Rick und ich durch. Der Beute-Tempel-Chef sah ein, dass ich wegen der fehlenden Leine nicht draußen zu halten war. Um kein Croissant der Welt. Also sollte Rick rasch die gewünschte Beute einsammeln und aufpassen, dass ich keinen Mist mache. Ja war ich denn ein Pferd, das kackt, wo immer es ihm einfällt? Unverschämtheit, aber bitte, ich wollte den gefundenen Kompromiss nicht boykottieren und verhielt mich ruhig. Nahm mir aber vor, irgendwann einmal heimlich auf die Orangen draußen zu pieseln. Eventuell. Je nachdem, ob uns dieser nervöse Weißkittel-Typ nun endlich in Ruhe ließ oder nicht. Offenbar hatte er meine gedankliche Drohung verstanden, denn unbehelligt zogen Rick und ich unsere Runde durch den Beute-Tempel.

Hatte Rick in den Regalen etwas übersehen, blieb ich solange davor stehen, bis die von mir gewünschte Ware in dem Korb landete, den er trug. Wir sollten öfters gemeinsam einkaufen, schoss es mir durch den Kopf. Es machte richtig Spaß zu sehen, wie sich der Korb füllte und füllte. Bei der Kassiererin musste Rick alles noch einmal aus dem Korb packen. Wahrscheinlich wollte sie kontrollieren, ob wir auch nichts vergessen hatten. Hatten wir nicht, dank mir.

Den Korb durften wir nicht mitnehmen. Stattdessen wurden unsere Leckereien in zwei Tüten verstaut. Auch gut. Ich hätte weder den Korb noch die Tüten tragen können.

Die prallen Tüten in der Hand murmelte Rick etwas von schöner Scheiße, ohne dass ich bis heute genau weiß, was er damit gemeint hat. Vielleicht die Tatsache, dass wir nochmals Croissants kaufen mussten, da ich für meinen guten Benimm in dem Beute-Tempel nun das insgesamt vierte bekam. Und eine Scheibe Schinken, damit meine Ernährung nicht zu einseitig wurde.

Der Weg zurück zu meinem Revier und unserem Haus war hart und zäh und dauerte mindestens doppelt so lange, wie ich ihn alleine geschafft hätte. Das lag daran, dass Rick sich und seine Kondition hoffnungslos überschätzt hatte. Ich sage dazu nur: Ricard ohne Wasser und Glimmstengel ohne Ende machen Beine nicht gerade flott. Andererseits, ohne ihn hätte ich die Überquerungen der Straßen niemals lebend überstanden. Glauben Sie mir, mich bedrückt bis heute, dass er die gesamte Beute für uns Drei in den beiden Tüten alleine schleppen musste. Die einzige Art, wie ich ihm helfen konnte, war, mich als Führer für die Abkürzungs-Schleichwege in meinen Revier hoch zu unserem Haus anzubieten. Diese kleinen Trampelpfade waren allerdings nicht nur eng und holprig, sondern auch verdammt steil.

Für mich kein Problem, aber für ihn Grund genug, immer wieder eine kleine Pause einzulegen und die Tüten von links nach rechts und umgekehrt zu wechseln. Ich bekam großen Respekt vor ihm, dass er trotz der Schweißperlen auf seiner Stirn und den kleinen T-Shirt-Pfützen unter seinen Achseln seinen Optimismus nicht verlor. Statt über das Gewicht, das er zu tragen hatte, zu fluchen, oder die für den späten Morgen wirklich außergewöhnliche Hitze zu verdammen, rang er sich bei jedem Halt, also ziemlich oft, ein Lächeln ab. Und sagte halb zu sich, halb zu mir, wie toll er auf diese Art in Form käme und seine überflüssigen Pfunde verlieren könne. Naja, ist doch nicht übel, eine Autopanne in letzter Konsequenz als Gelegenheit zu betrachten, endlich zum Idealgewicht zurück zu kehren.

Mir war diese Möglichkeit verwehrt: da ich kein Auto hatte, konnte ich auf diese Art leider nicht abnehmen. Ganz im Vertrauen: eine Diät schloss ich sowieso aus. Zumindest eine freiwillige. Denn ich hielt mich bestenfalls für stabil gebaut, aber keinesfalls für zu dick. Voila. Mag sein, dass dies ein Verehrer von mir anders gesehen hätte. Aber da es einen solchen nicht gab, brauchte ich mir auch keinen Stress zu machen. So ein Hundedamen-Single-Dasein hat eben auch seine Vorteile.

Es war schon fast sengend-steiler Mittag, wie ich an dem Stand der Sonne erkannte, als wir beide endlich unser Haus erreichten. Inzwischen sah Ricks T-Shirt aus, als hätte er damit geduscht. Vivina wartete bereits auf uns an einem wunderbar gedeckten Tisch. Blumen, Servietten, flache Näpfe, Eierbecher, perfekt. Alles, was darauf fehlte, sprich das Entscheidende: Salami, Schinken, Käse, Marmelade und Honig, hatten wir in unseren Tüten dabei. Es konnte also endlich wieder richtig losgehen.

Sie war eine kluge Frau, wie ich nun aufgrund dieser ganz besonderen Situation feststellten konnte. Jedes Beutestück, das er hochgeschleift hatte und sie nun aus einer der beiden Tüten zog, wurde von ihr mit einem Kompliment über die erlesene Qualität der von mir mitausgesuchten Ware gewürdigt. Clever. Rick aber nahm dies kaum wahr. Geschwächt von den steilen Anstiegen der Abkürzungen auf dem Rückweg, genehmigte er sich einen Ricard, pur, ohne Wasser und schien doch tatsächlich darüber verwundert, dass er nun noch mehr Hitzewallungen bekam.

Mir war das in diesem Moment völlig egal. Ich hatte Hunger wie ein Wolf und war an dem Beutefang mindestens ebenso beteiligt wie er. Aber ich begnügte mich mit Wasser – ohne Ricard.

Außerdem lagen mir die Croissants schwer im Magen. Vivina wusste das durch die knappen Erzählungen von ihm. Und entgegen der sonstigen Gepflogenheit bekam ich meinen ersten – genau genommen eigentlich meinen zweiten – Schinken, noch bevor die beiden den ersten Bissen der Beute genossen hatten.

Es wurde eines der witzigsten Frühstücks-Gelage, die wir je hatten. Mehrmals verschluckte sich Vivina vor Lachen, als Rick ihr erzählte, was in dem Beute-Tempel geschehen war. Sie konnte und wollte es kaum glauben, dass ich wahrscheinlich der letzte und ganz bestimmt der erste Hund gewesen bin, der es geschafft hat, eine Runde zwischen den Regalen zu drehen. Ohne Halsband, ohne Leine und ohne Angst, herausgeschleift zu werden.

So interessant und letztlich außergewöhnlich erfolgreich unser erster gemeinsamer Beute-Tempel-Besuch vonstatten gegangen war, die Aussicht, dies nun tagelang wiederholen zu müssen, begeisterte niemanden. Mich auch nicht, da mir klar war, dass für mich kein Weg mehr in diesen Beute-Tempel führen würde; sondern mein Schicksal Leine und Halsband hieß.

Beziehungsweise Rick den Weg allein zu gehen hatte, da ich mich niemals und von niemandem irgendwo festbinden lasse. Auch nicht von ihm. Selbst unsere Freundschaft hatte Grenzen. Zumindest diese eine.

Vivina war sichtlich besorgt darüber, wieviele Tage Rick wohl die steilen Anstiege aushalten könnte, ohne ernsthafte Konditionsprobleme zu bekommen.
Und er selbst war auch nicht begeistert von der Vorstellung, alles was wir Drei brauchten, mit seinen Beinen hier herauf schleppen zu müssen. Es gab nur eine vernünftige Lösung: Flocki musste möglichst schnell repariert und einsatzfähig gemacht werden. Doch um dies in die Wege zu leiten und damit schweißtreibende Wege zu sparen, brauchten wir ein Telefon. Im Haus war keines. Aber Dieter hatte eins. Er hatte sogar zwei, wie ich mich erinnerte. Und so beschlossen wir Drei, nach dem Frühstück, das gleichzeitig zum Mittagessen wurde, nachmittags zu Dieter in die Katzenvilla zu pilgern.
Soweit ich es zwischen Ricks und Vivinas Sätzen heraushören konnte, ging es auch darum, Dieter zu überreden, eine Proviant-Tour für uns mit seinem großen dicken Auto zu fahren. Eine hervorragende Idee. Hätte von mir sein können.

Anhand eines bunten, gefalteten Papier-Plans mit lauter schwarzen Linien darauf, versuchten Rick und Vivina offenbar eine Fährte zu Dieter zu finden, die nicht durch das Zentrum der Stadt führte. Nach langem Suchen glaubten sie, einen Weg gefunden zu haben und wir brachen auf.
Hätten die beiden mich den Weg suchen lassen, wären wir in der Hälfte der Zeit bei Dieter gewesen. Aber wer hört bei neuen Wegen schon auf einen Hund? Kaum einer. Und leider machten Rick und Vivina da auch keine Ausnahme. Ich sag' immer: Logik ist gut, Intuition ist besser. Aber wer hört auf mich? Niemand. So mussten wir Drei auf dem Weg zu Dieter immer wieder ein Stück zurück gehen, einen neuen Anlauf durch ein unbekanntes Gebiet machen und kamen kaum voran.
Doch jeder Irrweg, egal wieviele unnötige Kehrtwenden man macht, hat einmal ein Ende und so kamen wir spät, aber heil bei Dieter und der Katzenvilla an. Bis heute weiß ich nicht, weshalb sich die Tatzen-Mafia vor uns versteckt hielt und nicht ein Schwanz von ihnen zu sehen war.

Dieter erwies sich als wahrer Freund in der Not. Von seinem Telefon aus wurde geklärt, dass Flocki schon in zwei Tagen repariert sein würde und abgeholt werden konnte. Dieter bot Rick an, ihn übermorgen dorthin zu chauffieren, wo das kleine weiße Auto stand. Na also, das gab doch Hoffnung.

Auch das Proviant-Problem ließ sich zufriedenstellend lösen. Zwar nicht ganz nach meiner Vorstellung, aber ohne eigenes Auto muss man eben Abstriche an die Bequemlichkeit machen.

Dieter willigte zunächst ein, mit Rick und Vivina zu einem riesigen Beute-Tempel, eigentlich einem Beute-Palast, zu fahren. Und für ihn war es eine Selbstverständlichkeit, wie er sagte, die eingetütete Beute hoch zu unserem Haus zu transportieren. Doch der Teufel steckt im Detail, beziehungsweise hinter jedem gekippten Küchenfenster lauert ein unberechenbarer Katzenbastard.

Stellen Sie sich vor: Ich, ja ich, wurde plötzlich zum Problem! Dieter konnte und wollte mich nicht in seinem großen Auto mitnehmen – wegen der Katzenbastarde, die er gelegentlich in ihren Körbchen darin herumkutschierte. Er sorgte sich darum, dass mein Geruch die verwöhnten Biester erschrecken könnte. Vielleicht verstehen Sie jetzt, weshalb ich Katzenbastarde auf den Tod nicht ausstehen kann. Sie machten mir selbst dann Schwierigkeiten, wenn ich sie nicht sah. Diese Maunzer-Brut war mir von diesem Tag an noch mehr verhasst.

Aber was half all mein inneres Lamentieren – nichts. Die Lösung des Problems sah so aus, dass Vivina mit Dieter zu dem Beute-Palast fahren sollte, während Rick mit mir zu Fuß nach Hause ging.

Ich beschloss sofort, dass Rick mir folgen würde, statt umgekehrt. Das schwor ich sogar bei meinen Pfoten und meinem Hunger. Ginge er voraus, würden wir womöglich erst nach Sonnenuntergang zuhause sein.

Vivina sollte an unserem Haus mit Dieter und dem vollbepackten Wagen mit den Beute-Tüten zu uns stoßen. So weit, so gut.

Ich begann den weißen Flocki zu vermissen. So klein er auch war, das Laufen hätte er Rick und mir erspart.

Im Nachhinein betrachtet war allerdings alles halb so wild. Dank meiner Spürnase waren Rick und ich noch vor Dieter und Vivina an unserem Haus – und konnten nicht rein, da der Schlüssel im Auto von Dieter lag, in Vivinas Handtasche.

Also genossen Rick und ich den Blick auf's Meer und die Sonne. Braucht's mehr, um glücklich zu sein? Nein, solange man weiß, dass in Kürze Proviant en masse angekarrt wird, sicherlich nicht.

Als Dieter und Vivina in dem großen dicken Auto angefahren kamen und die unzähligen Tüten ausgeladen waren, wusste ich, dass nun alles im Lot war. Die kühle Schatztruhe bot gar nicht genug Stellfläche für all die Leckereien, die Vivina erbeutet hatte. Was auch daran lag, dass Rick die kleinen dunklen Biere, die viel Platz weg nehmen, schön gekühlt liebte. Und da Vivina ihn liebte, hatte sie stapelweise sein Lieblingsgetränk mitgebracht. Mich interessierten jedoch mehr die Fleisch-Packungen und sollte mich meine Nase nicht täuschen, roch ich unter dem durchsichtigen Papier Hase, Hühnchen, Schweinekotelett und Rindersteaks. Auf die paar Hunde-Fast-Food-Dosen hätte Vivina unter diesen duftenden Umständen gerne verzichten können.

Dieter ging nach einem Kaffee, wozu köstlicher Kuchen aufgetischt wurde und Rick und er verabredeten sich für den übernächsten Tag, wegen Flocki, den sie abholen wollten. Da der herbeigeschaffte Proviant locker für eine halbe Woche reichen würde, kümmerte mich – ehrlich gesagt – das Schicksal des kleinen weißen Autos nun schon viel weniger als zuvor.
Jetzt hieß es, die herbeigeschafften Leckereien nicht schlecht werden zu lassen und darauf zu hoffen, dass Rick das Kochen nicht verlernt hatte, bei all dem Stress, den er in der letzten Zeit hatte.
Meine Hoffnung erfüllte sich in dem Maße, wie sich die Töpfe und Pfannen füllten. Na also, die Napoleon-Zeit war gegessen, vorbei, das Leben begann mit dem Frühling in der Küche auf's Neue. Wir Drei verstanden uns, als hätte nicht ein Tag und eine Nacht zwischen unserem Abschied und unserem Wiedersehen gelegen.
Ich war durch die mehrgängigen Menus, die wir uns gönnten, so versöhnt mit mir und der Welt, dass ich es wie selbstverständlich zur Kenntnis nahm, als der weiße kleine Flocki plötzlich wieder an der schrägen Auffahrt zu unserem Haus stand. Völlig intakt mit funktionierender Wasserpumpe.

Wer genau die Idee hatte, mich zu einem Einkauf in einen der ganz großen Beute-Paläste mitzunehmen, weiß ich nicht mehr. Vielleicht Rick, vielleicht Vivina, vielleicht ich selbst, indem ich ungefragt in die geöffnete Ladefläche des Flocki sprang. Je länger ich darüber nachdenke, desto wahrscheinlicher erscheint mir letzteres.

*

Allein der Parkplatz des Beute-Palastes war der asphaltierte Wahnsinn: unendlich größer als mein vergessener wilder Garten, unterteilt in Gebiete mit Hausnummern – wahrscheinlich damit man sein Auto überhaupt wiederfand.
Noch nie in meinem ganzen Leben hatte ich so viele Autos auf einmal gesehen. Eng, manchmal zu eng aneinandergestellt, reihten sich die Karossen endlos über die von mir nicht gänzlich überschaubare Park-Fläche.
Es kam, wie ich es befürchtet hatte: mich nahmen Rick und Vivina nicht mit. Ich sollte und musste Flocki, der abgeschlossen wurde, bewachen. Von innen. Naja, wenigstens durfte ich auf den bequemen Rücksitz.
Zunächst war ich ziemlich sauer darüber, zurückgelassen worden zu sein und überlegte, ob eine kleine Pieselpfütze auf dem Fahrersitz eine angemessene Reaktion wäre. Besann mich dann aber auf meinen guten Benimm und begann, die mir unbekannten Fütterer zu beobachten, die zu ihren Autos zurück kamen. Sie schoben oder zogen einen riesigen Drahtgitter-Korb auf Rollen zu den Stauräumen ihrer Wagen. Die Beute türmte sich in den fahrbaren Drahtkörben weit über den Rand und immer wieder sah ich mit Entsetzen, wie eine Leckerei beim Einladen zu Boden fiel.
Jede Wette, dass es in dem spärlichen Gebüsch rund um den Asphalt-Platz Katzenbastarde en masse gab. Allein was in der kurzen Zeit, seitdem ich den Platz aufmerksam beobachtete, an Beute abfiel, war mehr als in zehn großen Mülltonnen an Brauchbarem zu ertatzen ist.
Die Stimmung der Drahtkorb-Schieber schien bei der Rückkehr zu ihren Autos nicht die beste zu sein, wie ich aus ihren arg gestressten Gesichtern ablesen konnte. Wahrscheinlich hatten sie hart um die Beute kämpfen müssen und nicht alles bekommen, was sie wollten.
Durch mein – eine Handbreit – geöffnetes Fenster konnte ich hören, wie sie sich gegenseitig beschuldigten, das falsche oder zuviel eingeladen zu haben. Ich bellte ihnen zu, sich nicht darüber zu ärgern, sondern die Beute hier vor dem Auto, in dem ich saß, abzuladen. Sie sollten nur alles einfach hinlegen, ich würde mich mit Rick und Vivina später darum kümmern.

Aber sie verstanden mich nicht, sondern warfen mir nur genervte Blicke zu.

Wenn die Beute in dem Drahtkorb auf Rollen endlich aus-, beziehungsweise in den Kofferraum eingeladen war, begann der spannendste Teil meiner Beobachtungen: das Auto, vollbeladen und schwer bepackt mit den erbeuteten Leckereien, musste heil aus dem engen Stellplatz manövriert werden.
Manchmal war das gänzlich unmöglich, da jeder Ausweg von einem anderen Auto versperrt war. Meist musste dann ein weiblicher Fütterer aussteigen und einem männlichen Fütterer, der das Auto zu steuern versuchte, mit seltsamen und hektischen Handbewegungen Zeichen geben, wie dem Blech-Parcours heil zu entkommen war.
Herrlich anzusehen war für mich, wenn dies nicht ganz gelang, sondern nur mit kleinen Schrammereien funktionierte. Dann entbrannte zwischen dem männlichen und weiblichen Fütterer ein gestenreicher Schlagabtausch, als ob sich zwei räudige Katzenbastarde gegenseitig dafür beschimpfen würden, das Fell eines Dritten absichtlich versengt zu haben.
Ohne in dem Beute-Palast gewesen zu sein, konnte ich mir einbilden, die wichtigsten Verhaltens-Regeln durchschaut zu haben: man musste versuchen, den Drahtgitter-Korb auf Rollen möglichst mit den Beute-Waren voll zu packen, die am nötigsten gebraucht wurden. Erschwert wurde diese Aufgabe durch die Begrenztheit des fahrbaren Ladekorbes: er bot nicht genug Platz für alles, was man erbeuten wollte. Und mehr als ein Proviant-Gitterkorb auf Rollen durfte nicht beladen werden. Ein grausames Gesetz. Aber doch irgendwie vernünftig. Denn manchmal schien der überquellend bestückte Rollenkorb schon so schwer geworden zu sein, dass er von einem Fütterer allein nicht mehr bewegt werden konnte.
Winkend kamen Rick und Vivina – kurz bevor es mir doch verdammt langweilig geworden wäre – mit ihrem, natürlich auch überladenen, Rollenkorb auf mich und Flocki zu. Sie freuten sich darüber, dass ich wohlauf war und das Innere des Autos heil gelassen hatte. Ja dachten sie denn, ich vergreife mich an dem Plastik-Stoff des Dachhimmels, oder wie?

Nachdem ich zwei wunderbar nach Salami schmeckende Sticks bekommen hatte, konzentrierte ich mich auf die mitgebrachten Beute-Stücke, die sorgsam auf der Ladefläche von Flocki plaziert wurden.

Mein neuer Stamm-Platz war – und blieb nun für immer – der weiche und einen guten Überblick bietende Rücksitz. So konnte mir Vivina ab diesem Tag, wenn wir Drei im Auto unterwegs waren, mühelos meinen dringend benötigten Reiseproviant in Form von Sticks und Käsehäppchen zustecken.

Zurück zu ihrem Beutezug. Zufrieden registrierte ich, dass die beiden nichts wirklich Wichtiges vergessen hatten. Fleisch, Nudels, Eiscreme, Schokolade, Käse, Salami und Schinken, alles in Großpackungen, wanderte von dem Rollenkorb in den Laderaum unseres Autos. Allerdings beunruhigte mich, dass sie von meinen Fast-Food-Dosen eindeutig zu viel mitgebracht hatten. Sollte ich ab heute womöglich auf Ramsch-Kost gesetzt werden? Eine Befürchtung, die sich glücklicherweise nicht bewahrheitete.

Die nächsten beiden Tage und Nächte waren paradiesisch: die Sonne verwöhnte uns mit Temperaturen, wie sie sonst nur im frühen Sommer üblich sind; der angehäufte Proviant aus der Dieter-Tour und unser Beute-Fang mit Flocki füllte die kühle Schatztruhe doppelt und dreifach.

Für mich war das der Idealzustand: ständig blieb von allem ein Rest übrig, bei dem es sich nicht mehr lohnte, ihn weiter zu lagern. Also wohin damit? Zu mir, zu mir.

Und auf keinen Fall in den Müll. Es sei denn, es handelte sich um Salat oder Gemüse; das Grünzeug konnte mir gestohlen bleiben oder von den Katzenbastarden gestohlen werden.

Ich sage Ihnen, auf wirklich leckere Müll-Beute warteten die längst eifersüchtig gewordenen Katzenbastarde rings um mein Revier bei mir vergeblich.

Rick und Vivina verstanden mein emotional etwas belastetes Verhältnis gegenüber Katzenbastarden zwar nicht, aber sie tolerierten es.

Wir Drei fühlten uns in diesen sonnensatten Frühlingstagen einfach nur großartig und hatten keine Lust, auch nur einen Gedanken daran zu verlieren, dass das Leben womöglich auch noch irgendwelche Schattenseiten bereit hält. Für uns doch nicht. Nicht mehr. Dachten wir.

Doch Hochmut kommt vor dem Fall und diese warnende Fütterer-Weisheit sollte sich für mich, meinen Freund Rick und meine Gefährtin Vivina kurze Zeit später auf bittere Art und Weise bewahrheiten.

DAS VERLORENE
PARADIES

Ich weiß es noch wie heute: exakt eine Woche nachdem wir Drei endlich wieder zusammen waren, hörten wir in der oberen Etage des Hauses ein seltsames Geräusch. Früh am Morgen, naja, zumindest noch vor dem Frühstück, das wir gegen Mittag einzunehmen pflegten. Rick ging nach dem Rechten sehen, ich flitzte mit und wir trafen im oberen Stock, der bisher nur im Hoch-Sommer gleichzeitig mit dem unteren Stockwerk – unserem Stockwerk – bewohnt gewesen war, auf den Ehemann der impertinenten Hausbesitzerin. Er erklärte uns, nur mal ein wenig lüften zu wollen und außerdem könne es unter Umständen sein, dass ein befreundetes Ehepaar seiner Frau über das Wochenende hier wohnen würde. Ich glaubte, nicht richtig gehört zu haben. Rick bemühte sich, ruhig zu bleiben und wollte wissen, weshalb die getroffene Abmachung, das Haus im Frühling alleine bewohnen zu können, nicht mehr galt. Das schlechte Gewissen stand dem Mann der blöden Hausbesitzerin ins Gesicht geschrieben. Jeder seiner Sätze begann mit „ja meine Frau hat gedacht...“.
Rick und ich schlichen wie geprügelte Hunde zurück zu Vivina. Sie schien zwar nicht sonderlich begeistert davon, dass jemand das Wochenende über in dem oberen Stock unseres Hauses sein würde, aber es störte sie auch nicht sonderlich. Sie hoffte, dass man es gar nicht groß bemerken würde, wenn oben für kurze Zeit ein uns fremdes Pärchen übernachtete.
Doch Rick und ich waren voller böser Vorahnungen. Und wir sollten leider recht behalten. Noch bevor es Abend wurde, brach das Unglück über uns herein. Erst kamen zwei gebrechliche Francländer, dann noch mal zwei Tattergreise und als sich die Sonne schon wohlweislich hinter der Hügelkette verkrümelt hatte, trafen die letzten beiden angeblichen Wochenendübernachter ein, die halbwegs rüstig waren, aber einen Köter dabei hatten. Dieser verzogene, blankhäutige Dummhund wusste nichts besseres, als erst einmal um unser Haus seine Duftmarken zu setzen. Das durfte doch nicht wahr sein! Unser Terrain wurde im wahrsten Sinn des Wortes angepieselt. Sollte es dieser Pinkelköter wagen, auch nur einen Schritt in meinen vergessenen wilden Garten zu machen, würde ich mich und mein zivilisiertes Benehmen vergessen! Niemand, auch kein Hund, hatte das Recht, unser kleines Paradies zu verschmutzen.
Aber es sollte noch schlimmer kommen: Rick erkundigte sich, mühevoll um seine Fassung ringend, wie lange denn die Eindringlinge nun tatsächlich im oberen Stock hausen wollten?

- Na eine Woche, so hätten sie es doch mit der Hausbesitzerin ausgemacht.

Ich sage Ihnen: wenn diese verdammte Lügnerin, diese Impertinenz in Person, in diesem Augenblick mit ihrem Auto greifbar gewesen wäre, ich hätte ihr alle vier Reifen platt gemacht. Und in den Tank gepieselt, wenn ihn Rick für mich geöffnet hätte. Er hätte ihn für mich in diesem Moment aufgebrochen, das weiß ich. Ja, er hätte sogar selbst hineingepieselt! Aus lauter Raffgier verdarb uns diese mir schon seit Jahren unsympathische Person die kostbare gemeinsame Zeit!

Ich konnte meinen Freund Rick verstehen, dass er sich angesichts der sechs Eindringlinge einen dreifachen Ricard, ohne Wasser, genehmigte. Auch Vivina konnte den ungebetenen Besuch im ersten Stock nun nicht mehr ganz so locker sehen, wie noch am Morgen. Statt einem Pärchen waren es nun sechs Störenfriede samt einem geistig unzurechnungsfähigen Köter. Das konnte alles, nur nicht heiter werden.

Vivina und Rick beratschlagten mit mir, was wir tun konnten, um dieser schwarzwolkigen Situation zu entfliehen. Schon nach kurzer Zeit war klar, es gab nur einen Ausweg: wir mussten weggehen. Wir mussten unser heimeliges Haus, unser liebgewonnenes Revier, unsere Herzens-Heimat wegen diesem sechsköpfigen Rentner-Bataillon verlassen. Bitte entschuldigen Sie, dass ich mich bei der Beschreibung der Eindringlinge in meinem Lieblingshaus etwas im Ton vergreife. Natürlich konnten diese leicht senilen Senioren – oh-oh pardon, sagen wir lieber: diese Erholung suchenden Urlauber – nichts dafür, dass sie von der charakterlosen Hausbesitzerin ausgerechnet bei uns einquartiert wurden. Aber wer stört, stört, egal warum.

Die Situation war schwierig und fast aussichtslos, wie ich dem Gespräch zwischen Vivina und Rick entnehmen musste. Sie konnten nur noch eine Woche lang mit mir zusammenbleiben, dann war unsere gemeinsame Zeit schon wieder zu Ende. Das Schicksal war nicht gerecht, zumindest nicht zu mir. Monatelang hatte ich auf die beiden Herzen gewartet, mit denen ich glücklich sein konnte, wie mit niemandem sonst. Und jetzt sollte uns auch noch die Hälfte der kurzen Zeit, die wir miteinander genießen konnten, genommen werden. Ich kannte Rick inzwischen gut genug, um genau zu wissen: er würde keine Sekunde länger als nötig in diesem Haus bleiben, bei den ungebetenen Gästen im oberen Stock. Und diesem ungehobelten Schwachsinns-Köter, der mein Revier verpieselte.

Noch schlimmer war allerdings die Gewissheit, dass mein Freund und meine Gefährtin nie mehr zu unserem Revier zurück kehren würden. Die impertinente Hausbesitzerin hatte sie einmal belogen, sie würde es wieder tun. Ich schwöre Ihnen, dass ich mich in meinem ganzen Leben niemals so gern getäuscht hätte wie bei dem Gefühl während des Wiedersehens von uns Drei vor sieben Tagen. Erinnern Sie sich an diesen magisch-melancholischen Moment, als die Zeit still stand und uns ein Stück der Ewigkeit geschenkt wurde? Dann wissen Sie sicher noch, dass mir damals klar war: ein solch herziges Wiedersehen in meinem Revier würde es für uns Drei nie wieder geben. Dass es hier in meiner Heimat überhaupt kein Wiedersehen mehr für uns geben würde, hatte ich allerdings nicht geahnt. War auch besser so. Was nutzt eine Vorahnung, wenn sie nur Kummer vorweg nimmt, der eh noch zu früh kommt?

Wir Drei gingen in dieser Nacht ganz spät, mit viel Wein, Ricard und zu vielen Leckerlis im Bauch, was alles auch nichts half gegen die Krämpfe in unseren Herzen, ein letztes Mal zu unserem Rondell auf die Anhöhe.

Es war, als schlichen wir zu unserer eigenen Beerdigung. Kein Lächeln huschte über unsere trauernden Gesichter. Wortlos nahmen wir Abschied von dem Panorama aus Hügeln, Bäumen, Meer, Wolken und Himmel. Unsere Gedanken flogen zurück zu dem ersten Mal, als wir Drei hier standen; als unsere Freundschaft geboren und besiegelt wurde; als wir alle Drei dasselbe dachten: wie schön es hier ist; wie natürlich friedlich, seit ewig, für ewig.

Die Ewigkeit von uns Drei war vorbei und sie war für jeden von uns viel zu kurz gewesen.

Als der Morgen graute, ohne dass sich die Sonne gezeigt hätte, fuhr mein Freund Rick – ohne seinen sonst üblichen Kaffee und ohne mich – mit dem Flocki weg. Er ließ den Motor aufheulen wie die Sirene eines Schiffes, das in Seenot steckt. Ich spürte, dass es keinen Sinn gehabt hätte, ihm zu folgen.

Tief in seinem so oft verletzten Herzen war er ein Krieger, der manches nur aus- und durchhielt, wenn er alleine damit war. Und niemand Zeuge seiner Verzweiflung wurde, da sie ihn sonst besiegt hätte. Das wusste ich, ohne zu wissen woher.

Vivina hatte den Motor von Flocki auch wegheulen hören und stand früher auf als üblich. Sie versuchte mich zu trösten, obwohl sie selbst keine sonnige Kraft mehr in ihrem Gemüt hatte.

Aber war dies nicht auf's Neue der Beweis, wie ineinander gewachsen und tief verwurzelt unsere Freundschaft mittlerweile war? Sie kraulte mich wie eine Mutter ihr Junges, um meinen Schmerz wenigstens zu lindern, wenn sie ihn schon nicht heilen konnte, da sie selbst zu sehr verletzt war. Wir kuschelten aneinander und wärmten uns, als versuchten wir, etwas Heiliges zu schützen, das uns genommen werden sollte. Nämlich der Glaube daran, dass eine wahrhaftige Freundschaft zwischen Seelen von nichts und niemand getrennt werden kann.

Die Zeit existierte irgendwo anders, wahrscheinlich überall, nur nicht zwischen uns, während wir beide aneinandergeschmiegt zu retten versuchten, was nicht mehr zu retten war: das Paradies in unseren Herzen, das einst hier in meinem Revier geboren wurde und das nun starb, hier, in meinem Revier. Es ist nicht immer schön, wenn sich ein Kreis schließt.

Glauben Sie mir, gerne würde ich Ihnen zu bellen, weshalb wir Drei derart geschockt waren von den sechs ungebetenen Hausbesetzern – ohoh pardon, ich meine natürlich Hausbewohnern – im oberen Stock, die mein Lieblingshaus auf unserem Revier in Beschlag genommen hatten. Doch leider gibt es keinen logischen Grund dafür, kein Argument, das Ihnen unsere Traurigkeit erklärt. Oder vielleicht doch. Hatten Sie als kleiner Balg einen Lieblings-Kuschel-Teddy? Schön für Sie. Nehmen wir an, dieser Teddy wäre Ihnen verloren gegangen, oder gestohlen worden oder ich weiß nicht was. Auf jeden Fall wäre er Ihnen genommen worden, wie uns Drei unser Haus. Kein anderer Teddy der Welt, egal ob gleichgroß, gleichfarbig, gleichknuddelig hätte Ihnen den ersten ersetzen können. Stimmt's ?!

Jetzt hab' ich mich schon wieder zu dieser verfitzelten Philosophiererei hinreißen lassen. Was ich Ihnen eigentlich sagen will, ist: dieses Haus war mehr als ein Haus, es war unser erster gemeinsamer Teddy. Gott klingt das kitschig. Aber manchmal muss man übertreiben, um mit dem Herzen etwas erklären zu können, jenseits aller Vernunft.

*

Rick kam zurück, mit versteinertem Gesicht. In kargen Worten erklärte er, dass in ein neues Haus umgezogen werde. Jetzt, sofort. Er vermied es, zu sagen, ob mit mir oder ohne mich.

Ich verstand und verstand ihn gleichzeitig nicht. Wollte er mich etwa wirklich hier zurück lassen, bei diesen sechs Eindringlingen und dem Pinkel-Köter?

Ich sage Ihnen, Vivina und Rick packten ihre Sachen nicht, sie stapelten und warfen sie wirr und planlos in den Innenraum von Flocki hinein. Für mich wäre nicht einmal Platz zum Atmen, geschweige denn zum Sitzen gewesen. Nirgends.

Das Haus, besser gesagt, unsere untere Etage des Hauses, verschlossen sie in Windeseile, was sag' ich, im Sturmtempo und fast hätten sie den kleinen Grill vergessen, den wir erst gestern gekauft hatten. Ohne ihn auseinander zu bauen, quetschte Rick die mobile, sperrige Kochgelegenheit irgendwie in den verbarrikadierten Laderaum des Flockis. Mit tönerner Stimme versprachen mir Vivina und Rick, mich abzuholen, sobald das neue Haus halbwegs eingeräumt und bewohnbar gemacht war.
Ich wusste nicht, ob ich ihnen glauben konnte. Dieser Tag war so schwarz, wie der Tag, an dem ich meinen Zwillingsgefährten verloren hatte. Zu ihm zurück gab es für mich keinen Weg mehr, wie sollte es da einen Weg zurück zu uns Drei geben?
Es gab ihn – denn Rick kam schneller zurück als ein Federflieger, der das Nest seiner Jungen verlassen hat, um frische Beute zu ergattern. Er öffnete mir die hintere Tür von Flocki und ich sprang mit einem wahren Panther-Satz auf den Rücksitz, meinen Rücksitz.
Wir begrüßten uns beim Losfahren im Wagen. Ganz herzig, wie zwei Freunde, die das Schicksal getrennt hat und die sich doch nicht trennen lassen.
Rick erzählte mir, dass er und Vivina das Beste aus dieser verfahrenen Situation in dem neuen Haus machen wollten. Na, und zum Besten gehörte natürlich in erster Linie ich.

Rick und ich fuhren ungefähr fünf Salami-Sticks weit und kamen an ein Haus, das auf den ersten Blick gar nicht so übel war. Vivina erwartete mich bereits, wir schnäuzelten uns und sie zeigte mir die Couch, die im Haus – schön nahe am Esstisch-Bereich – bereits für mich bereitet war. Ich fand sie angenehm groß und weich, keine Frage. Auch sonst war das Haus im Innern durchaus vergleichbar mit unserem, das nun ja nicht mehr unseres war.

Aber irgendetwas fehlte. Zum einen natürlich das Flair, das wir gewohnt waren, das Vertraute, das Heimelige. Doch das alleine war es nicht. Ich schnupperte mich durch die Räume, konnte aber nicht entdecken, was hier nicht stimmte. Alles war halbwegs sauber und doch vermuffelt. Aus den Wänden atmete keine Freude, sondern an ihnen klebte ein fahler Frust.

Ich schlich durch die breite Tür vor dem Esstisch nach draußen auf eine Terrasse, die durch einen gekieselten Garten mit Bäumen und Büschen verlängert wurde. Rick stand am Ende des Heckenzauns und sah unglücklich Richtung Himmel. Mir war nicht klar, was ihn so traurig schauen ließ. Ich trabte neben ihn, stubste ihm mit meiner Schnauze in die Knie und er strich mir melancholisch durch das Fell. Ohne Vorwarnung machte er mir klar, was diesem Haus fehlte, indem er seufzend sagte, dass es wirklich schade sei, dass wir nun das Meer nicht mehr sehen könnten. Wie bitte?!

Ich reckte meinen Kopf nach allen Richtungen, aber nirgends war dieser endlose Wasserteppich, der zu meinem Terrain gehört hatte wie der Himmel, zu entdecken. Das Meer war weg. Keine Wellen, kein Strand, keine Uferlichter waren zu sehen. Man sah überhaupt nicht weit.

Sie hatten uns das Meer genommen. Es war nicht zu fassen.

Rick versprach mir mit wackeliger Stimme, dass wir jeden Tag an den Strand spazieren würden; aber das war natürlich nur ein schwacher Trost. Ihm ging es wie mir, er vermisste das Meer, wie ein Federflieger den Himmel.

Vielleicht denken Sie jetzt, ich übertreibe maßlos. Wer kann schon sein Leben lang das Meer sehen? Möwen sicherlich, aber Menschen und Hunde eher nicht. Aber wenn Sie es ihr Leben lang tagein tagaus gesehen haben, dann fehlt Ihnen was, wenn es plötzlich weg ist. Wirklich. Natürlich lässt es sich auch auf Plätzen leben, die nirgends ein Meer zu bieten haben. Auch wir Drei kamen ohne Meer zurecht. Allerdings nur leidlich. Ich verkneife mir jetzt, darüber zu philosophieren, ob leidlich von Leid...

Fest steht, am besten ließ es sich vor dem Haus, auf der Terrasse aushalten. Rick bastelte am ersten Abend aus dem kleinen Grill, der die Fluchtaktion überraschenderweise heil überstanden hatte, eine mittelgroße Feuerstelle auf drei Stelzenbeinen. Er wollte mir und Vivina ein Lagerfeuer bereiten. Um die bösen Geister, die uns so übel mitgespielt hatten, zu vertreiben, wie er sich nach einer Handvoll Ricards ausdrückte.

Vivina und mir war das nicht ganz geheuer. Wir hatten beide einen Höllenrespekt vor geistervertreibenden Flammen. Und ein Unglück reichte irgendwie für heute.

Doch Rick ließ sich von seinem Vorhaben nicht abbringen. Er brach riesige Äste – mit viel Kraft und noch mehr Wut – über seinem Knie zu dünnen handlichen Holz-Scheiten, goss Grillanzünder auf den kleinen Scheiterhaufen in der runden Grillpfanne und freute sich wie ein kleiner Junge, als das Feuer zu lodern anfing. Manchmal flog ein glimmender Funken auf die Stein-Terrasse, aber ansonsten waren die Flammen unter Kontrolle.

Auf ihrem Liegestuhl in eine dicke Decke gehüllt beobachtete Vivina mit mir, dass das Feuer ein kleines Wunder vollbrachte: es wärmte uns alle Drei, nicht nur äußerlich, sondern auch im Innern. Wir rückten in einem Halbkreis um die glimmenden Flammen zusammen und langsam schmolz unser Hass auf die impertinente Hausbesitzerin. Wir fanden mehr und mehr zu uns selbst zurück und begannen, das Unabänderliche zu akzeptieren. Wir spürten und wussten: unsere Freundschaft war stark genug, alles zu besiegen, nur das eine nicht, das man Schicksal nennt.

Irgendwie ging die Nacht vorbei und ein grauer Tag brach an. Der elefantenhautfarbene Himmel verhieß nichts Gutes. Die tief durchhängenden Wolken kündigten Regen an. Kein Wind, der sie hätte vertreiben können, regte sich.

Rick entschied, trotz des drohenden Regens, den Weg durch den Wald zum Meer zu erkunden. Mit mir, wenn ich wollte. Natürlich wollte ich.

Der einzige Pfad, den es Richtung Meer gab, führte über einen Fluss. Es gab aber keine Brücke, es gab nicht einmal einen abgeknickten Baumstamm, der als dicke, runde Balancier-Stange über dem Wasser lag. Was tun?

Hätte Rick nicht trotz aller Widrigkeiten unbedingt zum Meer gewollt, wie ein Tier, dem sein Bau genommen wurde und das jetzt wenigstens seine Lieblings-Lichtung sehen will, wir wären umgekehrt, das schwöre ich. So aber gingen wir, geführt von seinem sturen Willen, zurück bis zu der Stelle, an der der Fluss breiter und damit auch flacher dahinfloss.

Rick nahm mit den Augen Maß und sprang, scheinbar wirr und hakenschlagend wie ein gejagter Hase, über die weit auseinander liegenden, glitschigen Fluss-Steine ans andere Ufer.

Prima, ganz toll, er war drüben und ich stand da, wie ein verirrtes Tier, das nicht mehr weiß, wohin es gehen soll und wo sein Zuhause ist. Und ich wusste es ja wirklich nicht. Rick versuchte mich zu ermutigen, doch einfach wie er über die Steine zu springen. Aber so beschissen ich mich auch fühlte, soweit konnte ich schon noch denken, dass ich keinen Selbstmord begehen wollte. Sollte ich bei nur einem Stein abrutschen, würde ich mir die Gräten brechen und das in meinem Alter. Danke, nein.

Es gab nur eine Möglichkeit: ich musste herausfinden, wo das Wasser am seichtesten war und hoffen, dass meine Beine unten auf dem Flussbett Halt fanden, um mich rüber zu tragen. Denn schwimmen konnte ich nicht, wozu auch? Wenn ein Hund dazu geboren wäre, schwimmen zu müssen, hätte er Flossen statt Pfoten. Schwimmen zu können, mag manchem meiner Artgenossen mitgegeben sein, mir nicht. Ich mag Fisch, aber ich bin keiner.

Schnaubend wie ein Galopper rannte ich – mir selbst Mut zu bellend – an der scheinbar seichtesten Stelle in das verhasste Nass. Es ging alles gut: ohne Wasser geschluckt zu haben, erreichte ich meinen Freund Rick. Und, wie von uns befürchtet, begann es zu regnen. Doch je nasser es von oben wurde, desto breiter wurde der Pfad, der jetzt ein normaler Weg war, unter unseren Schritten. Vereinzelt war nun sogar ein Haus zwischen den Baumstämmen und Schilfrohren zu erkennen und nach einer Biegung konnten wir das Meer zwar noch nicht sehen, aber wenigsten seine Wellen hören.

Freude kam deshalb nicht auf bei uns beiden, aber Genugtuung. Wir hatten es geschafft, der Strand war nicht mehr weit. Die Frage, weshalb wir ausgerechnet bei diesem vorhersehbaren Sauwetter ans Meer gingen, beantwortete sich in unseren Herzen von selbst: wir mussten uns vergewissern, dass das Meer noch da war und seinen Zauber für unsere Seelen bewahrt hatte. Es hatte. Wir konnten es jetzt endlich sehen. Grau und nebelfarben schwappte es hin und her, schwerfällig wie ein müder Wal, doch seine Kraft, seine ewige Gültigkeit waren zu spüren. Und das tröstete. Mich Rick. Da wir eh schon bis auf die Haut durchnässt waren, machten uns die nun dicht und dichter herunter prasselnden Tropfen wirklich überhaupt nichts mehr aus. Mehr als klitschnass sein geht einfach nicht.

So standen wir auf dem an feuchte Asche erinnernden Sandstrand und starrten auf den endlosen Wasser-Teppich hinaus, wie zwei übrig gebliebene Möwen, die nach einem Schiff Ausschau halten, das nie mehr kommen wird.

Das Meer war wirklich fast schwarz an diesem Regen-Tag, es trug Trauer, wie wir. Aber auch das war egal. Wichtig war: das Meer lebte und mit ihm lebte in uns die Erinnerung an die paradiesische Zeit, die wir in unserem Zuhause gehabt hatten. Und solange es das Meer geben würde, hatte unsere Erinnerung ein Zuhause. Nur wir hatten keins mehr, denn unser Lieblingshaus war besetzt und unser Ersatzhaus irgendwie weder das Gelbe noch das Weiße vom Ei.

*

Es war eine ganz eigentümliche Zwischenwirklichkeit, in der wir Drei uns in diesem Ersatzhaus befanden: Vivina, Rick und mir war bewusst, dass der Tag der Trennung mit jeder Stunde schneller näher kam. Die Hoffnung, dass Rick und Vivina mich dieses Mal auf die lange Reise zurück nach Markland mitnehmen würden, hatte ich längst beerdigt. Schon am ersten Abend auf der Terrasse beim Grill-Lagerfeuer war dies das einzige Thema, über das wir Drei uns unterhalten hatten. Richtiger gesagt kommentierte ich schwanzwedelnd die Argumente, die Vivina und Rick austauschten. Fazit dieses ernüchternden Gespräches war, dass für mich zwar in der Wohnung, in der die beiden wohnten, genug Platz gewesen wäre; aber das Drumherum, die Stadt, die Autos, und die Gewalt so lebensbedrohliche Ausmaße hatte, dass sie es mir einfach nicht zumuten wollten.

Mehr noch, Vivina und Rick waren sich einig, dass ich trotz ihnen im besten Falle unglücklich sein – und im wahrscheinlichsten Falle umkommen würde. Ich hatte für diese Erkenntnis nur Kopfschütteln übrig. Wenn die Einschätzung von Vivina und Rick ehrlich war – und ich hatte keinen Grund, daran zu zweifeln – weshalb um alles in der Welt wohnten und lebten sie beide denn dann weiterhin in solch einer lebensbedrohlichen Gegend? Es konnte doch nicht sein, dass zwei Menschen an einem Ort freiwillig unzufrieden blieben, den sie nicht einmal einem Hund zumuten wollten, oder?

Wie immer in solchen Momenten von Mammut-Gesprächen, die sich manchmal die ganze Nacht durchzogen, blieb am Ende ein- und dasselbe Argument Grund und Alibi für den wahnwitzigen Irrsinn, auf eine Art zu leben, die nicht wirklich lebenswert war und auch von niemandem für lebenswert gehalten wurde: das Geld.

Welche Macht ging davon aus, welche Magie hatte dieses Geld? Als Hund wusste ich es nicht und sollte es wohl auch nicht wissen. Denn wenn mich mein Gedächtnis nicht täuscht, wird von Menschen der Zustand ohne Geld manchmal auch als „auf den Hund gekommen" beschrieben. Korrigieren Sie mich, aber logischerweise bedeutet das doch wohl, dass sich Geld und Hund ausschließen. Und ehrlich gesagt, darüber war ich froh, denn während ein Hund, zumindest eine Hündin wie ich, Freude bringt, bringt dieses Geld offenbar nur Kummer.

Solange man es nicht hat, wie mich Rick, der meine Gedanken offenbar in diesem Augenblick lesen konnte, mit einem sehnsüchtigen Lächeln verbesserte. Jetzt kapierte ich überhaupt nichts mehr. Wie konnte etwas, das man nicht hat, das also gar nicht da ist, Kummer bereiten? Das hieß doch, frei kombiniert, dass ich im Trocknen bin, mich aber tropfnass fühle und darüber bekümmert bin, obwohl es gar nicht regnet. Tja, das Leben an sich ist schon ziemlich kompliziert, aber Menschen machen es noch komplizierter. Und das machte mir langsam Kummer.

Halten Sie mich jetzt bitte nicht für eine depressiv veranlagte, weil betagte Hunde-Madame. Natürlich gab es außer Kummer – zwar nie einen Hummer – aber immer einen Summer an Vivinas Kamera. Und der surrte jedesmal, wenn ich mich mit Rick in das Mohnblumenfeld neben unserem Lagerfeuerhaus stürzte. Wir hatten einen irre Spaß daran, durch den platzend prallen, saftig-farbenen Pflanzen-Urwald zu tollen. Für ihn waren die pelzbehaarten Blütenstengel maximal brusthoch, ich aber galoppierte mit der Schnauze voraus durch die klebrig süßen Blütenkelche. Gut, dass für mich das Wort Heuschnupfen-Allergie nicht existiert. Wäre ich dafür anfällig gewesen, oh Gott, ich hätte das Mohnblumenfeld bewässert – mit meinen Tränen.

Wahrscheinlich denken Sie jetzt, dass ich – wie Sie es schon ab und an von mir ertragen mussten – ein wenig übertreibe bei der Beschreibung vom wahnsinnigen Wuchs dieser wildwuchernden Wiesenblumen. Doch alles im Leben hat seinen Grund, auch wenn man manchmal tief sinken muss, um ihn zu finden. Das Geheimnis dieser Mohnblumen allerdings war simpel und in den Wurzeln der sich neben dem Wiesenfeld endlos weit erstreckenden Rebstöcke zu suchen – und zu finden. Aus Rebstöcken gewinnt man letztlich Wein – aber das wissen Sie ja besser als ich. Und der macht bekanntlich mindestens lustig, wenn nicht mehr.

Und ich bin mir heute sicherer denn je, dass der spaßige Mammut-Wuchs dieser bunten Wiesenbrummer von der Weinwurzel-Erde, neben der sie sprossen, herrührte. Nach jeder unserer kleinen Mohnfeld-Safaris lächelte Rick ein wenig entspannter, als es unserer angeschlagenen Gemütslage angepasst gewesen wäre. Denn die paar Tage, in denen der Himmel nur bedeckt war, aber trocken blieb, sind an einer Pfote abzuzählen. Ausschließlich an solchen raren Tagen wagten wir uns in das Wiesenfeld, denn zwischen tropfenden Stengeln und nassen Blütenblättern von grauem Regen geduscht zu werden, nein, das bitte nicht auch noch. Wir waren vom Schicksal schon nass genug gemacht worden.

*

Unser letzter gemeinsamer Abend, unsere letzte gemeinsame Nacht brach an auf der Terrasse des Ersatzhauses, das uns Fluchtpunkt, aber nie ein Lebensmittelpunkt gewesen war. Noch einmal bestückte Rick den Grill mit Fleisch vom Feinsten, während Vivina in der Küche, die trotz allen Bemühungen nie ein gemütliches Flair bekommen hatte, Nudels bereitete; meine Lieblings-Sorte, die dicken breiten, die so schön nach Eigelb schmeckten.

Natürlich fielen vor und während des letzten Menus viele sentimentale Sätze, in denen vage und mutig, fast trotzig davon die Rede war, dass wir Drei in einem halben Jahr wieder zusammen sein würden. Allein, die Worte hatten nicht das Gewicht bedingungsloser Ehrlichkeit, sie wogen nicht schwer, sie waren zu leicht daher gesagt, als dass sie wirklich gültig hätten sein können.

Nachdem Rick alle, wirklich alle vorhandenen Flaschen unter tatkräftiger Mithilfe von Vivina geleert hatte – und manchmal schon von den beiden Monden über den Rebstöcken sprach, nahm er all seinen Mut zusammen und erklärte mir, was für morgen geplant war.

Er sagte für morgen, doch es klang wie für immer.

Noch bevor sie beide die Zauberkisten für ihr Gepäck aktivieren würden, sollte ich mit ihm zu meinem Revier, unserem einstigen Zuhause fahren. Dort müsste ich dann bestenfalls noch einen Tag überstehen, bis sich die Eindringlinge samt ihrem Idioten-Köter aus dem Staub machen würden. Herrliche Aussicht, wirklich. Danach sollte ich darauf vertrauen, dass der Sommer und mit ihm eine gute Schlemmer-Zeit mit vielen Fütterern kommen würde. Und nach dem Sommer, lange nach dem

Sommer, nämlich erst mitten im Herbst, könnte es dann ein Wiedersehen von uns Drei geben. Könnte. Er sagte wirklich „könnte" und hatte dabei Tränen in den Augen und in der Stimme.

Ich nickte und vergrub meinen Kopf traurig zwischen den Pfoten. Das war's also gewesen. Sie ließen mich zurück. Sie nahmen mich wirklich nicht mit. Ich war von morgen an wieder allein, einsam und verlassen und dieses Mal womöglich für immer.

*

Das fahle Morgenlicht zog mit einer schlammig-sumpfigen Farbe in die tief und drückend herunter hängenden Regenwolken. Von mir aus hätte es nicht Tag werden müssen, sondern ausnahmsweise Nacht bleiben können, noch für eine ganze Weile, für Wochen. Rick stand auf, ziemlich bleich unter seiner Gesichtsbräune, sagte kein Wort, strich mir nur zärtlich-steif über mein Fell.

Wie oft hatte er mich morgens richtig wachgekrault, war kräftig durch meine Bauch-Haare gefahren und hatte meine Ohren im Ansatz gekitzelt. Und nun blieb nur noch diese Gewohnheits-Geste, die an eine Vertrautheit erinnerte, die offensichtlich nicht mehr da war.

Er trank seinen Kaffee nicht aus, er wollte unseren Abschied so rasch als möglich hinter sich bringen.

Vivina kam mit verweinten Augen aus dem Kojenzimmer. Sie umarmte und herzte mich, versprach mir, mich niemals zu vergessen und alles daran zu setzen, dass wir Drei uns in einem halben Jahr wiedersehen. Sie bot mir noch einen prall gefüllten Napf mit den formidablen Menu-Resten von gestern an, aber ich ließ ihn unberührt stehen. Auf meine Henkers-Mahlzeit konnte ich verzichten. Denn für mich war es wie eine tödliche Strafe, jetzt in den Flocki-Wagen zu steigen und zu wissen, ich werde ausgesetzt.

Naja, ich übertrieb in diesem Moment in meinen Gedanken schon ein wenig, aber warum soll man sich immer zusammen nehmen, wenn nichts als Traurigkeit das eigene Gemüt schwer wie nassen Treibsand macht, der einen runterzieht in einen Strudel aus Verlassenheit und Angst? Wer in solchen Momenten nicht übertreibt, treibt völlig ab von sich selbst.

Wortlos chauffierte mich Rick, dessen Augen starr und feucht waren, zu meinem Revier und unserem einstigen Zuhause. Als wäre es nicht er, sondern ein lebendiger Schatten von ihm, stieg mein Freund aus, öffnete mir die Tür, sagte ganz kurz mit dick belegter Stimme irgendetwas von „bis dann" und ließ mich aussteigen. Ich sah ihm in die Augen und hoffte, darin bei allen Tränen dieses Funkeln zu entdecken, das ich so sehr an ihm liebte. Dieses versteckte Leuchten, wie es eine Kämpfernatur, die er doch eigentlich war, selbst in den schlimmsten Momenten herbeizaubert, um zu signalisieren, dass es immer, auch in der blindesten Dunkelheit ein Licht, wenigstens ein inneres, gibt.

Aber nichts außer Verlorenheit und Gram war in seinen Augen zu lesen. Mit unserem Zuhause hatte er offenbar viel mehr aufgegeben als einen paradiesischen Ort. Ich hoffte zum Abschied, der ganz emotionslos rasch vonstatten ging, dass sich Rick als mein Freund, der er doch war und für immer bleiben würde, schnell wieder fangen konnte und sich und seinen Glauben an das Schicksal wiederfinden würde.

Dieser Wunsch war mein Abschiedsgeschenk an ihn, als er die Anhöhe, die zu meinem Revier führt, hinunter fuhr und kurz vor der Kurve, die unsere Blicke und Herzen für eine zu lange Zeit trennen sollte, noch einmal anhielt.

Ich stand mitten auf der Straße auf dem höchsten Punkt der Anhöhen-Steigung und erkannte, dass er mich in diesem Augenblick in dem Rückspiegel des Flocki sehen musste.

Zum ersten Mal sahen wir uns wie in der Erinnerung in die Augen: nicht direkt, sondern in einem Spiegel, den uns das Schicksal hinhielt und der bald, schon sehr bald, beinahe zerbrechen sollte.

Ich blieb regungslos stehen und wäre vor keinem Auto ausgewichen, um dieses letzte Bild von Rick, ehe er hinter der Kurve aus meinen Augen verschwand, bis zur endgültigen Sekunde der Trennung zu bewahren.

Jetzt erst wurde auch ich zu einem lebenden Schatten und ging, ohne etwas zu fühlen, in meinen vergessenen wilden Garten. Mein Garten war immer für mich da, denn er war wie ich: einsam, unbeachtet, auf sich allein gestellt. Und außerdem lag ganz nah neben ihm der kleine Hügel meines viel zu früh von mir gegangenen Zwillingsgefährten.

Ich sah, gebettet auf der feuchten Erde meines Gartens, hoch in den grauen Himmel und wünschte mir nur eins: ich wollte, wenn es denn soweit war und ich abberufen wurde, neben meinem Zwillingsgefährten begraben sein, damit ich ihn im Himmel zwischen den Sternen finden konnte und nicht auch noch im Tod allein war.

DIE HERZENSBRÜCKE

Die lauen Maitage kamen und mit ihnen ging mein Schmerz – zwar nicht ganz weg, aber von der Depression in eine erträgliche Melancholie über. Ich wusste nicht, wieviele Tage und Nächte vergangen waren, seit Rick und Vivina womöglich für immer Abschied von mir genommen hatten. Ich wusste nur, dass ich innerlich fror, obwohl die Sonne sich bereits für den Sommer einzustrahlen begann.

Mein Fell nahm ihre Wärme dankbar auf, mein Herz aber war für das wonnige Licht wie verschlossen und blieb frostig kalt. So etwas hatte ich, ehrlich gesagt, noch nie erlebt. Das heißt doch, einmal, als ich mich mit meinem Zwillingsgefährten auf einem unserer abenteuerlichen Streifzügen bei der Jagd auf einen Katzenbastard verirrt und ihn aus den Augen und der Witterung verloren hatte.

Das war vor vielen Sommern gewesen und geschah an einem verdammt heißen Tag. Als mein Zwillingsgefährte mir auf der rasanten Jagd verloren ging, suchte ich nach ihm auf allen schattigen Wegen. Denn er war garantiert nicht so blöd, sich wegen einem Katzenbastard, der uns natürlich entwischt war, das Fell von der prallen Sonne versengen zu lassen.

Ein mir völlig unbekannter Pfad, der von dichtem Pinien-Blattwerk gesäumt und wunderbar beschattet war, führte mich an einen Platz, wo viele Kreuze und koffergroße Steine aufrecht standen. Auf den Kreuzen und den Steinen standen Namen und Zahlen – ich war auf dem Friedhof gelandet.

Gehört hatte ich von diesem Ort der Toten schon, in heimlich belauschten Gesprächen von einheimischen Fütterern, wenn sie sich erzählten, dass bei der großen Sturmflut vor Jahren der Friedhof von Meereswellen erfasst worden war. Und womöglich gar niemand mehr unter dem Kreuz oder Stein liegt, auf dem sein Name steht. Sondern alle Beerdigten ein paar Meter weggeschwemmt und durcheinander gerutscht sind. An dieser Stelle ihrer Erzählung von der Überschwemmung des Friedhofes machten die Fütterer immer eine Unheil schwangere Pause. Mal lachten sie danach halbherzig, aber meist sahen sie sich dann an wie Kinder, die eine verbotene Tür in einem alten Haus aufgemacht haben und nicht wissen, was sie von dem halten sollen, was sie vor Augen haben, sehen, aber nicht wirklich verstehen.

Zurück zu mir und meinem zufälligen Friedhofs-Besuch. Mich fröstelte beim Anblick der Kreuze und Steine, obwohl die Sonne den Ort der Toten in gleißendes Licht tauchte.

Ich fror damals genauso wie jetzt im Mai, wahrscheinlich weil Vivina und Rick von mir gegangen waren. Abschied ist eben doch immer ein kleiner Tod. Wieviele Leben ich hatte, wusste ich nicht. Aber Abschiede und damit kleine Tode hatte ich schon viel zu viele erlebt, soviel war sicher.

*

Mit der Mai-Sonne trafen die ersten turnusmäßigen Fütterer ein in dem Haus neben meinem vergessenen wilden Garten. Die meisten begrüßten mich freundlich und freuten sich, mir die Näpfe füllen zu dürfen. Ein paar wenige Knauserer, die ich schon an ihren tauben Augen erkannte, waren natürlich auch wieder dabei, doch meine Sonnenschein-Pianistin oben am Hügel hatte im Mai ihre Großzügigkeits-Phase; leider gepaart mit einer überschwenglichen Spiellaune. So gab es für mich regelmäßig zwei Napoleon-Miniportionen, aber dafür klimperte sie auch doppelt so laut und doppelt so lange auf ihren Tasten herum. Immer dasselbe, nur unterschiedlich schnell.

Im Mai melancholisch zu sein ist ungefähr so normal, wie sich über feuchtkalten November-Nebel zu freuen. Aber es war Mai und ich war melancholisch. Was war mit mir los?

Um mich herum erwachte das Leben und ich trug Trauer im Herzen. Die Blumen, die Büsche, die Sträucher, die Bäume zeigten sich verschwenderisch in den schönsten Farben, saftig und prall. Die Kräuter verwandelten die Luft mit ihren unsichtbaren Duftwolken in einen einzigen berauschenden Flacon. Das Meer maß sich mit dem Himmel in den schillerndsten Blautönen und die Federflieger sangen sich ihre gute Laune aus den Kehlen. Und mir ging das alles am Napf vorbei.

Wer wie ich niemanden auf der Erde hat, mit dem er reden, schweigen, seine Freude oder seine Traurigkeit teilen kann, dem bleiben nur der Himmel, die Sterne und die Seelengefährten, um nicht ganz allein und verlassen zu sein. Leider war der Vollmond noch in weiter Ferne und damit auch ein Kontakt zu meinem Seelen-Zwillingsgefährten nicht möglich.

Doch die milden Nächte, die sich schützend über mein Revier wölbten, trösteten meine Mai-Melancholie mit ihrer märchenhaften Magie. Der Nachtwind trug das Echo aus vergangenen Zeiten, die ja nur vorbei, aber nicht verloren waren, sondern nun in einer anderen Wirklichkeit als der Erde weiter Bestand hatten, an mein Ohr und in mein Herz.

Ich hörte mich – wie in einem Traum – galoppieren und lauschte dem Klang meiner Pfoten, diesem rhythmisch-sanften Taktschlag, wenn es mit meinem Zwillingsgefährten einem Katzenbastard hinterher ging, durch Hecken über Wiesen und Hügel, und der Boden unter mir wie die dicke Fellbespannung einer riesigen Trommel leise und leicht mit einem tiefen Ton vibrierte.

Wenn die Welt Klang ist, wie ein schlauer Fütterer einmal behauptet hat, warum soll die Erde dann keine schöne runde Bongo-Trommel sein?

Die Erinnerungen, die mir die Nacht und ihre vom Tag noch wonnig-warmen Winde gönnten, taten gut. Aber ich war kein Nachttier wie ein Wildschwein oder eine Fledermaus. Im Dunkeln konnte ich träumen, aber nicht leben. Und die Welt der Sterne und des Mondes ist eine andere als die der Sonne.

Der Mond wacht über das Gestern, die Sonne bringt den Morgen und die Sterne sind die Erinnerung der Zukunft.

Mit den ersten glutroten Mai-Morgenstrahlen kehrte meine Melancholie zurück, der Nachthimmel verblasste, verschwand im Licht des Tages und nahm meine Gedanken und Gefühle mit. Nur der Mond blieb noch eine Weile zerbrechlich zart und watteweiß am milchigblauen Himmel zurück; wie ein sichelförmiger Wolken-Lampion, der nicht mehr leuchtet, aber dem Tag trotzdem den Weg weisen will. Wer wies mir den Weg? Niemand und nichts; ich hätte auch gar nicht gewusst, wohin. Da, wo ich war, wollte ich ohne Vivina und Rick eigentlich nicht mehr sein. Aber wo sollte ich hin? Nach Markland hatten sie mich ja nicht mitnehmen wollen.

Mir blieb nichts anderes übrig, als in meinem vergessenen wilden Garten und meinem Revier auszuharren und darauf zu hoffen, dass es ein Wiedersehen zwischen Vivina, Rick und mir geben würde. Irgendwann, irgendwie, irgendwo.

Eine Freundschaft kann doch nicht daran zerbrechen, dass ein Zuhause aufgegeben werden muss. Oder doch?

*

Ich klammerte mich an das Feuerschein-Kleeblatt, das uns Drei im Herzen und der Seele verband, und versuchte mir einzureden, dass alles gut werden würde. Nicht morgen und nicht übermorgen, aber nach dem Sommer und noch vor dem Winter.

Dabei fühlte ich mich jetzt wie im Winter. Mir war kalt ohne Grund, ja, ohne jeden Anlass. Denn noch wusste ich nicht, dass der klamme Hauch des Todes ein eisiges Leichentuch auf das Schicksal meines Freundes Rick zuwehte.

Aber ich ahnte, dass eine grauenvolle Gefahr im Anmarsch war. Denn so oft ich es auch versuchte, es gelang mir nicht, das funkelnde Lachen in den Augen von Rick aus der Erinnerung in meine Gefühle zu führen. Es war weg. Wenn ich seine Augen sah, waren es die Augen eines toten Fisches. Groß, weit aufgerissen, ungläubig starr.

Vivina und ihre mütterliche Milde samt ihrem Duft, der mich immer an nasse Wildrosen erinnerte, erreichte ich über die Erinnerung. Ich spürte ihr bangendes Herz und ihre wankende Seele, die dem schwarzen, kalten Sturm, der auf Rick, ihren Liebsten zutoste, kaum standhalten konnten.

Welches Schicksals-Unglück stand den beiden und damit uns Drei bevor?

Was ich in meinen Alpträumen sah, konnte ich nicht deuten. Wie auch? Wer kann das tödliche Nichts begreifen oder erklären? Aber meine Angst wuchs mit jedem Tag und es waren noch viele Nächte bis zum Vollmond, um meinen Zwillingsgefährten um Rat zu bitten.

Das zähe Warten auf die Möglichkeit, vom Himmel über meinen Zwillingsgefährten ein rettendes Zeichen zu bekommen und die fröstelnde Vorahnung, dass der Vollmond dieses Mal womöglich zu spät kam, um das Schlimmste durch den Rat meines himmlischen Freundes zu verhindern, schlugen mir auf den Magen. Ich konnte kaum eine Katzenbastard-Portion verdrücken und grämte mich so, dass meine Haare manchmal in dichten Büscheln aus meinem Hinterpfoten-Fell fielen.

Doch endlich nahm der Mond in dem schwarzen Himmel die kreisrund leuchtende Riesenpupillen-Gestalt der Sonne an.

Glauben Sie mir, ich versuche die nachfolgende Geschichte von mir, meinem Freund Rick und meiner Gefährtin Vivina so gut und genau zu schildern, wie es mir meine Erinnerung erlaubt. Aber was in und nach dieser Vollmondnacht geschah, kann ich nur unzureichend beschreiben. So wie das Strahlen der Sonne, der Gesang der Winde oder das Traumlicht des Mondes sich niemals in Worten wirklich wiederfinden.

Mitten in der Vollmondnacht bettete ich mich auf den kleinen vertrauten Grabhügel und mein Zwillingsgefährte und ich gedankelten sofort los; es war, als ob auch er auf diese Nacht gewartet hätte.

Er konnte in mein Herz blicken, ganz tief, bis in die Kammer, in der die Zukunft pocht. Selten, nein nie habe ich seine Stimme so besorgt gehört. Er sprach von einem Kreuzweg, der mir bevorstehen würde und dessen Ende nicht zu erkennen war. Aber auf diesem Kreuzweg lauerten die Schatten der Lügen, die in der Nacht ohne Morgen hausten. Wer sich in diesen Schatten verfing, für den gab es keinen Sonnenaufgang mehr.

Es war kein Trost und schon gar keine Beruhigung, dass mein Zwillingsgefährte mir hastig erklärte, dass dies nicht die Schatten meiner Lügen sein mussten, sondern sie vielleicht aus meinem Freund Rick geboren waren.

Was hieß da vielleicht? Wen hatte ich schon belogen in meinem Leben? Wenn's hoch kam, ein paar Fütterer mit lieb verstellten Blicken, aber das war's auch. Eher umgekehrt war mein Leben doch verlaufen. Ich wurde belogen, betrogen, verstoßen. Mir wurde genommen, was ich liebte, ich musste überleben mit vielem, was ich nicht mochte.

Gut, ich will nicht undankbar sein. Auch nicht beim Philosophieren. Die Zeit mit meinem Zwillingsgefährten, das war ein herrliches Leben, verrückt, frei, vertraut und die Zeit mit Rick und Vivina auch. Aber alles andere war Überleben. Aber überleben kann nur der, der hofft und weiß, worauf.

Mein Zwillingsgefährte unterbrach mich unwirsch. Für Selbstmitleid sei keine Zeit. Die Schatten der Lügen waren unterwegs zu Rick und sie waren mächtig, grausam, tödlich. Die Sterne, soviel konnte mein Zwillingsgefährte aus ihnen herauslesen, standen nicht gut für meinen Freund. Nur wenn ich mich entscheiden würde, mein Schicksal mit dem von Rick zu verbünden, hatte er eine Chance.

Ich verstand nichts. Wie sollte ich mein Schicksal mit seinem verbinden? – Indem ich meine Seele in die von Rick schicke, war die Antwort meines Zwillingsgefährten. Na toll, und wie sollte das gehen?

Traurig und feierlich zugleich, mit Worten, in denen die Weisheit der Wellen mitschwang, von denen außer ihnen selbst ja auch niemand weiß, wohin sie fließen und woher sie kommen, erklärte mir mein Zwillingsgefährte das Geheimnis der Herzens-Brücke.

Sie stutzen jetzt womöglich genauso, wie ich damals. Aber mein Zwillingsgefährte blieb dabei, dass es nur eine einzige Rettung für meinen Freund Rick gab, nämlich mich.

Ich musste von meinem Herzen aus eine Brücke zu dem Herz von Rick wachsen lassen. War auch er bereit, von seinem Herz aus die Brücke zu bauen, würde sie stark genug sein, uns über alle Schatten der Lügen hinweg zu tragen. Falls nicht, würde meine Brücke unter der Last seiner Lügen-Schatten brechen und ich würde, wie er, verloren sein in der Nacht ohne Morgen.

Das war's. Mehr konnte mein Zwillingsgefährte mir nicht mitteilen, denn die Stunde zwischen Hund und Wolf, wenn der Vollmond den Himmel noch regiert, aber die Boten der Morgendämmerung seine immer wiederkehrende Abdankung bereits besiegeln, war angebrochen.

Soll ich Ihnen sagen, wie ich mich nach den Worten meines Zwillingsgefährten fühlte? Elend, hundeelend. Hatte ich ihn richtig verstanden, ging es um nicht weniger als das Leben von meinem Freund Rick und mir, sollte ich bereit sein, ihm zu helfen, mit dieser Brücke meines Herzens.

Ich hatte keine Ahnung, wie man so eine Brücke baut und begann einfach, mir Erinnerungsbilder aus der Zeit, als wir glücklich waren in unserem Haus, unserem Paradies neben meinem vergessenen wilden Garten, ins Gedächtnis zurück zu holen. Mit geschlossenen Augen, bis ich Rick riechen konnte.

Seine Augenlider fielen ihm gerade zu. Eine gesegnete Ohnmacht verhüllte lindernd die Schmerzen, die er nicht mehr ertragen konnte.

Er lag in dem großen Laderaum eines hell erleuchteten Wagens, der viel zu schnell durch die anbrechende Nacht fuhr und immer wieder grell, fast sirenenartig aufheulte.

Das blau-gleissende Licht eines flackernden Leuchtturms, der auf dem Wagendach befestigt sein musste, spiegelte sich in den hinteren Türfenstern.

Es war gespenstisch. Und ich war, unsichtbar für alle, mittendrin, ohne zu wissen, wo genau.

Ich sah, was im Wagen passierte und ich sah gleichzeitig in das Innere von Rick, der regungslos auf einer Trage lag. Er atmete so langsam wie ein tödlich verletztes Tier, das beschlossen hat, nicht mehr gegen seine schmerzenden Wunden zu kämpfen, sondern die Wirklichkeit der Erde gegen eine andere, vielleicht bessere zu tauschen.

Ja, Rick war dabei sein Leben, oder den Rest, der davon übrig war, auszuhauchen. Atemzug um Atemzug.

Vivina saß in dem Laderaum des Wagens auf einem kleinen Sitz, bangend, die Hände wie zum Beten gefaltet, aber sie wusste nicht, welcher Gott jetzt noch helfen konnte. Für Tränen war die Angst, die alles in ihr lähmte, zu stark, zu beherrschend.

Sie griff nach der Hand von Rick, der nicht mehr wahrnahm, dass sie ihn halten wollte, ihn mit ihrer allerletzten Kraft und Liebe abhalten wollte von dem Schicksal, in das er abglitt.

Zwei Männer in rot-weißen Jacken pressten meinem Freund eine durchsichtige Plastikmaske auf das Gesicht und begannen, Nadeln mit Schläuchen in seine willenlose Arme einzuführen. Rick spürte das alles nicht mehr. Er flüchtete mit seiner Seele aus seinem Körper, er versuchte, den Schatten der Lügen zu entkommen und es gelang ihm, die Nacht ohne Morgen hinter sich, weit in sich zu lassen.
Plötzlich war sein Seelenstern vor dem Eingang in eine Welt jenseits unserer Wirklichkeit. Vor ihm lag eine in mildes Licht getauchte Landschaft aus Fels-Gestein, so vertraut und doch gleichzeitig geheimnisvoll, wie man sie nur in der Bretagne findet. Zwischen den Steinen floss ein breiter Fluss, bergauf, der Sonne, dem Licht entgegen.
Der Atem von Rick verebbte. Vivina erschrak, denn sie spürte kein Leben mehr in der Hand, die sie hielt, festhielt wie ein Anker, der ein havarierendes Boot vor dem Untergang bewahren will und doch nicht bewahren kann.
Die beiden Männer in den rot-weißen Jacken jagten eine frisch aufgezogene Spritze in die Adern von Rick und begannen an den Knöpfen der Apparate, in denen die Schläuche mündeten, die sie ihm in seinen Körper gesteckt hatten, zu drehen und zu justieren. Hektisch, besorgt, aber nicht zuversichtlich.
Rick, beziehungsweise sein Seelenstern, bemerkte davon nichts. Das einzige, was für ihn zählte, war dieser Fluss, der nach oben zum Licht, ins Licht floss. Für einen langen Augenblick, ja für ein kleines Stück Ewigkeit genoss mein Freund den Blick und die Einladung in diese Landschaft aus Frieden, Erlösung und Wahrheit außerhalb der Wirklichkeit, die wir kennen.
Und dann entschied sein Seelenstern, dass dieser Fluss noch auf ihn warten musste. Diese Entscheidung fiel in – und mit der Gewissheit, dass es eine Stunde geben würde, in der das Schicksal meinen Freund Rick wieder hierher an genau diesen Zwischenwelten-Ort führt. Dann aber für immer.

Der Wagen mit der heulenden Sirene hielt vor einem grauen Gebäude. Die Nacht war so schwarz, wie das Meer an seiner tiefsten Stelle, die noch kein Mensch gesehen hat, sein muss. Die Türen des Laderaums wurden aufgerissen, Rick auf eine Trage mit Rädern geschnallt und gehetzt eilten Vivina, die

Männer in den rot-weißen Jacken und sorgenvoll blickende andere Menschen mit meinem Freund durch ewig lange Gänge.

Für kurze Momente öffneten sich Ricks Augen, geblendet von dem vergitterten Licht an den dunklen Decken. Er war noch nicht ganz zurück aus dem Gefühl der Fluss-Landschaft. Aber er hatte sich entschieden, darauf zu vertrauen, dass dieser Ort ihn eben irgendwann später erwartete und dann für immer für ihn da sein würde.
Vivina durfte nicht mit in den Raum mit dem großen Schild, dessen Worte ich nicht kannte, in den Rick nun geschoben wurde. Sie musste draußen vor der Tür warten.
Eine handvoll Männer in weißen Kitteln beugten sich über Rick und begannen, ihn mit Geräten zu traktieren. Sie waren sehr aufgeregt und drückten ihm einen breiten Plastik-Stecker tief in das Innere seiner rechte Armbeuge. Danach verankerten sie zwischen seinem Hals und Nacken eine metallene Feder mit zwei Schrauben.
Er spürte das alles nicht. Noch war er nicht wieder in der Wirklichkeit der Schmerzen.
Als sein Blut aus der Metall-Feder in einem Schlauch durch eine Maschine floss, die größer war als der Stromkasten neben meinem vergessenen wilden Garten, aber genauso wuchtig und eckig, entschieden die Männer in den weißen Kitteln, das sie alles getan hatten, was Menschen möglich war. Der Rest lag nicht in ihrer Hand.
Vivina, die immer noch draußen vor der Tür des Raumes stand, wurde von einer Frau in einem grünen Kittel die kleine Tasche mit den wenigen Dingen, die sie zuhause in Windeseile für Rick gepackt hatte, in die Hand gedrückt.
Vivina versteinerte bei den Worten der Frau, dass Rick diese Sachen hier nicht mehr brauche. Ihre tönerne Frage, ob Rick denn überleben werde, wurde nicht beantwortet. Aber eigentlich doch, oder wie sonst war die Bitte der Frau in dem grünen Kittel zu deuten, ob man Vivina auch noch heute Nacht anrufen dürfe, falls nötig?
Vivina nickte, traurig weise wie ein Kind, das keine Wahl hat, außer das Unglück, dass ihm vom Schicksal bestimmt ist, anzunehmen.

*

Ganz allein, mitten in der Nacht vor dem grauen Gebäude stehend, die Tasche, die Rick nicht mehr brauchte, in der Hand, fühlte sich Vivina so wie ich mich fühlen würde, ohne meinen vergessenen wilden Garten: einsam, ausgestoßen wie ein Stern, der seinen Himmel verloren hat und damit sinnlos geworden ist.

Für meinen halbtoten Freund Rick konnte ich jetzt auf meiner Herzensbrücke nichts mehr tun, denn sein Blut floss außerhalb seines Herzens und fragen Sie mich nicht, wo sein Seelenstern in diesen Stunden war. Vielleicht spazieren im Irgendwo, das wir nicht kennen. Sei's drum, Vivina brauchte mich jetzt, denn für sie begann das lange Warten auf einen Anruf, den sie nicht wollte; einen Anruf, der ihr Leben zerstören und ihre Liebe zu Rick, ihrem Liebsten, zum endgültigen Scheitern verurteilen würde.

Es war eine sternenlose Nacht der Entscheidungen, die jenseits des menschlichen Wollens oder unseres wirklichkeitsnahen Willen liegen.

Das Telefon blieb stumm bis zum Morgengrauen und länger. Vivina hielt in ihren Gedanken ein wunderschönes Bild von mir fest und kuschelte sich innerlich an mein warmes Fell. Genau so, wie sie es vor viel zu langer Zeit zuletzt auf der Couch in unserem Haus gemacht hatte, als es in der Nacht gewitterte. Aber dieses Mal nahm ich ihr die Angst, statt umgekehrt.

Ob sie wusste, dass ich wirklich da war, weil ich über die Herzensbrücke auch zu ihr geführt wurde, weiß ich nicht. Sicher ist, dass wir uns umklammert hielten wie zwei Koala-Bären, die sich im Urwald verirrt haben und nur das eine sicher wissen: allein kommt keiner lebend raus, zu zweit gelingt's vielleicht. Alles hing von meinem Freund Rick, ihrem Liebsten, ab.

Bangen Herzens machten wir beide uns am späten Morgen zur Klinik auf, ohne dass Vivina wusste, dass ich bei ihr war. Ein Mann im weißen Kittel, den sie wahlweise Arzt, Doktor, oder Professor nannte, erklärte ihr, dass mein Freund Rick eine Lungenentzündung mit totalem Nierenausfall hatte. Bestenfalls werde er überleben, aber sich niemals mehr frei bewegen können. Sein Blut müsse regelmäßig durch eine Maschine gewaschen werden.

Ich konnte erstens nicht glauben, was ich da hörte und zweitens nicht verstehen, weshalb sich Vivina darüber freute. Für sie zählte einzig und allein, dass Rick eine kleine Chance geschenkt wurde, den Schatten der Lügen, die ihn vergiftet hatten, zu entkommen. In eine Welt, in der er nie wieder leben, aber vielleicht eine ganze lange Weile überleben würde.

Mir war das zu wenig, viel zu wenig. Verdammt noch mal, ich hatte alles riskiert, meinen vergessenen wilden Garten, mein Revier verlassen, mein Leben auf die Hoffnung und Zuversicht gesetzt, dass auch Rick bereit und fähig war, die Herzensbrücke zu mir zu bauen, und jetzt sollte ich einen Rick zurück bekommen, der kein Lachen mehr hat, um es milde auszudrücken. Nein. Darüber war das letzte innere Wort noch nicht gesprochen.

Das vermaledeite Problem von Rick war, dass er nicht pieseln konnte. Ja, stellen Sie sich das vor! Pieseln funktioniert nämlich nur über die Nieren, wie ich bei den Weißkitteln heimlich belauschte. Und wer nicht pieseln kann..., aber lassen wir das, es ist degoutant.

Die Lungenentzündung von Rick bekamen die Ärzte und Docs ganz langsam, aber Stunde um Stunde mehr in den Griff. Sie ließen ihm einfach über einen Kanaldocht der Eisenfeder, die zwischen seinem Hals und Nacken eingebohrt war und ihm den Schlaf raubte, eine Zauberflüssigkeit ins Blut fließen.

Drei Tage lang fand Rick keinen Schlaf wegen dieser metallenen Eisenfeder, sondern glitt immer wieder in erschöpfte Bewusstlosigkeiten. Dann piepsten die Drähte, die seinen Körper umspannten wie ein dünnes Spinnen-Netz, grell und gellend. Das war ein furchtbar nerviger Ton sage ich Ihnen, so ähnlich, wie er von Autos zu hören ist, wenn man nachts an der Fahrertür rüttelt. Gewarnt und alarmiert durch den schrillen Ton eilten sofort Weiß- und Grünkittelmenschen herbei und brachten meinen in Richtung Ewigkeit abgetauchten Freund Rick wieder in einen dämmerigen Wachzustand.

Naja, wer gegen den Tod kämpft, braucht wirklich nicht zu schlafen. Dafür ist danach Zeit genug. So oder so.

*

Vivina war so oft bei Rick, ihrem Liebsten, wie es nur ging. Allerdings, da er tags und nachts stundenlang an den Apparat angeschlossen wurde, der sein Blut waschen sollte, schickte er sie von sich aus weg. Unglaublich. Der Typ war verrückt. Er wollte nicht, dass sie ihn an diese pumpenden Blut-Schläuche angeschlossen daliegen sah. Mein Gott, Vivina hatte ihn sterben sehen in dem Wagen, als sein Seelenstern seinen Körper verließ und zu der Flusslandschaft flog. Dagegen waren die Schläuche ein paradiesischer Anblick.

Wie dem auch sei, Vivina ging, aber ich blieb. Und wenn Rick von dem Dracula, wie er die Blutwaschmaschine nannte, abgeklemmt wurde und sich halb benommen im Zimmer auf seinem Bett umsah, glaubte er manchmal, in einer halbdunklen Ecke meine Gestaltumrisse zu erkennen. In einer Wirklichkeit, die es gibt, ohne dass Menschen wissen, dass sie existiert. Aber das konnte Rick ja in diesem Zustand, in dem er war, wirklich nicht verstehen. Er verwarf diese scheinbaren Sinnestäuschungen von meiner Anwesenheit dann immer als Hirngespinste seines benommenen Verstandes und ahnte nicht, wie recht er damit hatte, mich wahrzunehmen. Ich war da, ich war bei ihm. Ich war auf der Herzensbrücke.

In diesen Momenten, wenn wir uns über unsere Seelen sehen konnten, redete ich Rick ins Gewissen: hatte er mir nicht versprochen, dass wir Drei eines Tages für immer zusammen sein würden? Doch, das hatte er. Und warum hatte er dann aufgegeben und geglaubt, dass sein Leben wegen all der Lügen, die ihre Schatten warfen, nicht mehr weitergehen sollte?
Verdammt noch mal, solange ein Mensch eine andere Seele hat, die ihm vertraut und an ihn glaubt, ist es ein unverzeihlicher Verrat, sich einfach in eine andere Welt davon zu stehlen! Und er hatte zwei Seelen, die ihn liebten. Vivina und mich. Und der Rick, den wir liebten, hatte für uns Drei das Versprechen gemacht, dass wir eines Tages zu dritt zusammen glücklich sein würden. In einem Haus mit Garten am Meer, einem Zuhause, wie wir es einst an meinem Haus neben meinem Garten für eine viel zu kurze Ewigkeit hatten.
Und ein Versprechen zählt mehr, als der Himmel Sterne hat. Daran erinnerte ich Rick in den Stunden, als sein angeschlagener Wille – und sein fast vergessener Glaube an die Ewigkeit – gegen die Übermacht der Lügenschatten kämpften. Sehr üble Lügenschatten, die seinen Körper im klammernden Griff hatten und sich viel zu langsam von ihm lösten.
Der Zufall, falls es ihn gibt, half mir. Im Nachbarzimmer von Rick lag ein Greis, so dünn und ausgemergelt, wie ein verdorrtes Blatt, das sich weigert, vom Lebensbaum zu fallen.
Der Greis wurde tagtäglich einmal von einem dieser Menschen in weißen oder grünen Kitteln den Gang hoch und wieder zurück geschoben. In einem elfenbeinfarbenen Rollstuhl mit schneeweißen Rädern. Als Rick diesen Rollstuhl und den Greis darin sah, zuckte er zusammen und murmelte etwas von weißen Schatten. Und recht hatte er.

So dunkel es überall in dieser Abteilung der bereits fast toten Seelen war – auf dem Gang, in den Zimmern, in den Gesichtern – dieser Rollstuhl mit dem Greis leuchtete wie ein weißer Schatten. Wie ein menschliches Gespenst, das nicht mehr selbst huschen kann, sondern geschoben werden muss.

Diese weiße Rollstuhl-Schattenlicht-Gestalt war wie eine Mahnung aus dem Reich der bleichen Geister, was Rick bevor stand, wenn er sich nicht endlich für das Leben statt nur für das Überleben entschied.

Und nun glauben Sie's oder glauben Sie's nicht. Und machen Sie sich nichts daraus, denn kaum jemand konnte es glauben, außer mir: Rick ging es, den Umständen entsprechend, jeden Tag ein wenig besser. Wirklich. Für die Ärzte und Doktoren war er ein kleines Wunder. Aber was hieß das schon. Wer, wie Rick, von dem Totenbett noch einmal aufsteht, dem geht es erst einmal zum Kotzen, egal, wie beeindruckend die Weißkittel das finden. Denn er begreift, dass nichts mehr so ist, wie es einmal war. Und auch, wenn die Schatten der Lügen nicht gesiegt hatten, ihre Furchen, ihre Wund-Flecken, ihre grausamen Duftmarken hatten sie in Rick hinterlassen. Er konnte ohne Apparate nicht leben. Sein Körper war der eines Babies, das gepflegt, gewaschen und gefüttert werden muss. Das sollte ein Wunder sein? Merde.

Sie können sich nicht vorstellen, welche ohnmächtige Wut Rick entwickelte – auf sich selbst. Ihm genügte es nicht, dass die Ärzte und Doktoren der Meinung waren, er hätte unglaubliches Glück gehabt, überhaupt weiter leben zu können.

Rick wollte raus. Raus aus diesem Raum und dieser Abteilung, raus aus dieser Umgebung, die nichts weiter war, als ein Wartesaal auf den Zug nach Nirgendwo.

Von Vivina bekam Rick in geschönten Worten erzählt, wie es in den Zimmern neben meinem Freund, der allein lag, aussah: zu zweit, zu dritt, ja in manchen Räumen zu sechst, lagen die Menschen an Schläuche und Maschinen angeschlossen. Und waren unfähig, alleine zu essen, zu pieseln und so weiter. Mir wurde schlecht, wenn ich daran dachte, dass Rick so enden sollte. Denn ich hatte mit meinen eigenen, heimlich gespitzten Ohren gehört, wie die Frauen in den grünen Uniformen die Menschen in den Betten nannten: Konserven.

Ja, ich schwöre es Ihnen, sie nannten diese vom Schicksal für den Zug nach Nirgendwo verurteilten, hilflosen Menschen, unverschämterweise und abfällig: Konserven.

*

Die Ärzte und Doktoren mochten Vivina sehr. Denn sie kam jeden Tag zu Rick. Normalerweise bekommen die in dieser Abteilung liegenden, nur noch von Apparaten am Leben gehaltenen Menschen keinen Besuch. Und wenn, dann vielleicht zu Weihnachten. Ich will jetzt nicht ungerecht sein: es braucht schon die Kraft der Liebe und viel Mut im Herzen, sich den Anblick der Menschen in diesen Betten anzutun. Sie wissen alle ganz genau, dass es zu Ende geht. Sie wissen, dass es bis zum bitteren Ende nicht einen einzigen sonnigen Moment mehr für sie gibt. Sie wissen es und können nichts dagegen tun, weil ihnen die Kraft fehlt, noch irgendetwas selbst zu tun. Und sei es nur, sich endgültig zu beenden auf dieser Erde.

Hunde sterben würdiger. Selbst der Tod meines Zwillingsgefährten, so schlimm er war, vor allem für mich, hatte ein Echo aus Tränen, Traurigkeit und innerem Schmerz. Die Menschen in diesen Räumen hatten kein Echo mehr, wenn der schrille Warnton ihrer Geräte zum letzten Mal durch die dunklen Gänge hallte und sie in ihrem Bett, ein Laken über dem Gesicht, ich weiß nicht wohin geschoben wurden.

Ich begann, zusammen mit Vivina, darum zu kämpfen, dass Rick sich nicht aufgab, sich nicht zur Konserve verurteilt sah. Sondern begriff, dass er, wenn nicht an sich selbst, dann doch wenigstens an uns und sein Versprechen glauben- und noch einmal aufstehen musste. Ich wollte, wie Vivina, dass Rick noch einmal den Sand unter seinen Füßen am Strand spüren kann. Und dazu die frische feine Gischt der Wellen im Gesicht wegwischen-, das Meer, die Hügel, die Pinienbäume vor Augen haben-, und sein Lachen im Herzen schallen hören kann. Welchen Sinn hätte Ricks Leben denn gehabt, wenn er sich jetzt aufgab und mich und Vivina allein zurück ließ?

Ich glaube, heute noch mehr als damals, dass das Leben auf der Erde für uns alle vor allem für das eine bestimmt ist: wir müssen die Seelen und Herzen finden, die wir aus der Ewigkeit kennen. Und wir müssen uns gegenseitig helfen, dorthin wieder zurück zu kommen; indem wir miteinander auf Erden werden, was wir schon immer gewesen sind. Vivina, Rick und ich hatten uns gefunden und vor der Zeit durfte keiner von uns gehen. Jamais, niemals. Wir hatten eine Zukunft. Wir hatten einen Traum. Wir hatten uns.

*

Am Morgen des vierten Tages entschied sich das Schicksal von Rick: am Abend davor hatte er mit dem Chef der Ärzte darüber verhandelt, aus dieser Konserven-Abteilung verlegt zu werden. Der Chef wollte es sich bis in ein oder zwei Tagen überlegen.

Sie müssen wissen, Rick war schon wieder einigermaßen bei Kräften, gemessen an seinem Null-Zustand, als er dem Tod näher war, als dem Leben. Doch alleine Gehen lag für ihn noch nicht drin. Er hat es versucht, mit aller Gewalt, denn er wollte an dem Ort, der dafür vorgesehen ist, pieseln gehen. Seltsamerweise gab es auf dieser Konserven-Abteilung einen solchen Ort nicht. Wer hier lag, der lag. Und die Menschen in den weißen und grünen Kitteln benutzten das Piesel-Örtchen zwei Gänge weiter. Diese zwei Gänge waren zu weit und zu viel für Rick. Er knickte ein und musste zum Pieseln auf einen Stuhl mit einem kreisrunden Loch und kleinen Roll-Rädern sitzen. Niemals in seinem ganzen Leben hat er sich gedemütigter gefühlt. Danach schwor sich Rick, spätestens am nächsten Morgen diese gespenstische Abteilung zu verlassen.

In den kommenden Stunden nach dieser Piesel-Erniedrigung, mitten in der Nacht, tauchte Rick ab in eine innere Welt, die er seit vielen Jahren vergessen hatte; die aber in dem Lachen seiner Augen, als ich ihn kennenlernte, noch lebte.
Rick sank bis hinunter zu der Welt in seinem Herzen, in der es weder Fragen noch Antworten, sondern nur die Liebe gibt, die uns allen geschenkt wurde, als wir klein, unschuldig und frei im Leben auf der Erde ankamen. Und die wiedergefundene Erinnerung an dieses kosmische Geschenk war Ricks Rettung.
Ich weiß es noch wie heute und ich muss lächeln, wenn ich das Bild vor mir sehe: am nächsten Tag, als die Weißkittel zur morgendlichen Visite in das Zimmer von Rick kamen, glaubten sie ihren Augen nicht zu trauen. Er lag nicht im Bett, nein, er saß in einem Stuhl. Auf den Knien ein Tablett mit Frühstücks-Utensilien, in den Händen eine Zeitung und auf den Lippen einen Guten-Morgen-Gruß.
Ihm gehe es prima, erklärte Rick den verblüfften Weißkitteln und er werde entweder heute verlegt in ein Zimmer mit Piesel-Örtchen und Dusche oder er bestelle sich ein Taxi nach Hause. Es war ihm ernst, nicht todernst, sondern lebensernst.

Sie müssen wissen, Rick hatte immer noch diese Eisenfeder zwischen Hals und Nacken stecken. Mich interessiert bis heute, wie er das dem Taxifahrer hätte erklären wollen.

Wahrscheinlich wäre ihm tatsächlich etwas eingefallen. Wer die Konservenabteilung verlassen will, scheitert nicht an einer Notlüge gegenüber einem Taxifahrer, das können Sie mir glauben.

Aber soweit kam es nicht. Die Ärzte sahen ein, dass mein Freund Rick bei den Konserven-Menschen nichts mehr verloren hatte.

Rick hatte gewonnen, er verließ diese Gespenster-Abteilung lebend. Ein Punktsieg über den Tod. Vielleicht der größte Triumph seines ganzen Lebens. Noch vor dem Mittag schoben sie ihn auf seinem Bett in einen Aufzug und ab ging's nach oben.

Ich werde nie vergessen, wie Rick aufrecht strahlend in dem Bett saß, die Decke nicht über, sondern unter sich, und auf den Beinen seinen kleinen Fernseher, den ihm Vivina gestern gebracht hatte. Niemand vor Rick hatte – und wohl niemand nach ihm wird – diese Abteilung der graugesichtigen Gespenster und weißen Schatten so schnell verlassen, das wusste ich und ein wenig war ich stolz. Auf ihn und auch auf mich. Sein Wille, mein Mut und unsere Herzensbrücke hatten ihn hier rausgetragen.

Mein Zwillingsgefährte hatte recht gehabt: es gibt eine Kraft der Liebe zwischen den Seelen, die wir entweder im Angesicht des Todes entdecken oder eben nie.

*

Das neue Zimmer von Rick war kleiner als seine Konserven-raum-Behausung, aber es hatte einen Piesel-Ort und eine Dusche, wie er es gewollt hatte. Vivina richtete es ihm so gemütlich ein, wie es nur ging: mit Musik und Fernseher und er durfte sich sein Essen selbst aussuchen.

Das klingt gut, ich weiß, aber egal, was Rick bestellte, es schmeckte fast alles nach nichts. Er war nämlich auf Nieren-Diät, wie die Doktoren es nannten. Ich will nie in meinem Leben auf so einer Diät sein, das sage ich Ihnen.

Nach Hause durfte Rick nicht, bevor er nicht zwei Liter am Tag pieseln konnte. Da verstanden die Chefs in den weißen Kitteln keinen Spaß.

Stellen Sie sich das vor: Ihr Schicksal hängt davon ab, wieviel Sie pieseln! Unglaublich, aber wahr. Und schlimm, denn Ricks totgeglaubte Nieren erholten sich nur langsam und er musste immer wieder an den Dracula-Apparat, der sein Blut über die Eisenfeder durch eine Art Waschmaschine jagte.

Doch nach zehn Tagen pieselte er den Weiß- und Grünkittelmenschen soviele Plastikflaschen voll, dass sie glaubten, er
hätte Wasser dazu geschüttet. Aber nein, das Wunder nahm
seinen Lauf, Ricks Körper begann zu funktionieren, als ob nie
etwas gewesen wäre.

Meine Zeit auf der Herzensbrücke neigte sich ihrem Ende zu.
Ich konnte wieder zurück zu mir, in meinen vergessenen wilden
Garten. Rick hatte mich zwar nie richtig gesehen, aber immer
wieder schemenhaft wahrgenommen. Das gestand er Vivina,
während sie an seinem Bett saß. Auch sie war sich sicher,
dass ich ganz nah bei ihr war, in den vielen Nächten, als es
keinen Trost, sondern nur noch Tränen gab. Und mich,
Clochmar, die Meeresglocke, als Halt und Hoffnung.

*

Ich kam gut zu mir und meinem vergessenen wilden Garten
zurück. Eine ganze Weile hatte ich ganz schön zu knabbern
an dem, was ich erlebt hatte. Aber irgendwann wurde das,
was Tag für Tag neu geschah, wichtiger als die Erinnerung an
die Konservenabteilungs-Wirklichkeit von Rick, die ich bis
heute nicht begreife. Jedenfalls nicht richtig.
Außerdem war in meinem Revier jetzt Sommer, richtig Sommer
und die Sonne überstrahlte alle Sorgen, die alten und die
neuen. Welche neuen eigentlich?
Mon Dieu, ich konnte mir die Näpfe aussuchen und wurde
wählerisch wie ein verwöhnter Lärmer. Das Beste war gerade
gut genug und manchmal ließ ich selbst mittelprächtige Leckereien stehen, weil mein Magen so voll war wie die Plastiktüten,
die meine Fütterer aus den Beute-Tempeln anschleppten: zum
Platzen. Wer immer den Sommer erfunden hat, war ein Hunde-
freund.
Aber irgendwann ging der heiße Schlemmer-Sommer leider
leider langsam zur Neige. Nicht mehr in jedem Haus waren
Fütterer. Doch es waren natürlich noch ausreichend Häuser
bewohnt, um einer ungeliebten Diät-Phase, wie Rick sie hatte
durchmachen müssen, ausweichen zu können.
In meinem Lieblingshaus kamen und gingen die Fütterer
allerdings nicht mehr übergangslos. Ungefähr um diese Spät-
sommer-Zeit hatten Rick, Vivina und ich uns vor einem Jahr
kennengelernt. Damals, als sie beide zum ersten Mal –
schnaubend wie Galopper nach einem Rennen – an meinem
Lieblingshaus vorgefahren waren.

Ich erinnere mich jetzt noch ganz genau an die sternenklare, warme Herbstnacht von damals. Und ich spürte in diesem Moment, als sich der Sommer unmerklich verabschiedete: der Herbst würde die beiden wieder zu mir bringen. Nicht hierher in mein Terrain, das war gewiss. Diesen Abschied hatten wir bereits genommen, als sie das letzte Mal auf so traurige Weise unser Paradies verlassen mussten. Wenn ich nur daran dachte, verging mir der Appetit. Aber Vivina und Rick würden in die Nähe meines Reviers kommen und sie würden mich holen. Davon war ich überzeugt, nein, ich wusste es, wie man am Abend immer weiß, dass am nächsten Morgen die Sonne aufgehen wird.

Genauso wusste ich auch, dass meine letzten Tage in meinem so geliebten Heimat-Revier gezählt waren. Denn ohne Vivina und Rick konnte und würde ich hier nicht mehr glücklich sein. Jedenfalls nicht richtig. Bestenfalls bewölkt glücklich, niemals sonnenglücklich.

Ich strich wie ein Fremder im eigenen Haus mit sehr gemischten Gefühlen durch mein Terrain und atmete diese letzten Sommertage ein, wie ein Federflieger, der sich entschieden hat, sein Nest zu verlassen.

Ja, ich nahm Abschied. Abschied von jedem Platz, an dem meine Grashalme jetzt wieder üppig wuchsen, von jedem Haus, vor dem ich gut gefüttert wurde und von jedem Katzenbastard-Schlupfwinkel.

Ich erlaubte mir auch noch einige Späße mit meinen Lieblings-Feinden, indem ich – obwohl satt bis zum Kiefer – ihre Näpfe leer fraß oder sie nicht nur die Straße entlang, sondern bis auf ihre Grundstücke jagte. Sie sollten mich schließlich nicht so schnell vergessen.

Auch von der Sonnenschein-Pianistin nahm ich Abschied – natürlich mit Benimm. Sie war schließlich oft die einzige, die mir in den kargen Zeiten noch etwas zu fressen und ein paar Streicheleinheiten hatte zukommen lassen. Auch wenn das Futter reichlicher hätte sein können, sie hat mich nie vergessen und vielleicht kann sie ja nichts dafür, dass Napoleon nur eine freundliche Umschreibung für zu klein, zu wenig, zu kurz ist. Mein letztes Dankeschön an sie war, dass ich mich, für sie gut sichtbar, auf ihren Hof legte und ihrem Klavierspiel lauschte. Dabei rollte ich mich auf den Rücken und jubelte ihr ein-, zweimal mit den Beinen zu. Wie soll ein Hund anders Applaus geben?

An diesem Abschieds-Tag im Spätsommer kam mir ihr Geklimper viel schöner und harmonischer vor als jemals zuvor. Das lag aber wohl eher an meiner sentimentalen Abschiedslaune, als an ihrer Tastenkunst. Ein Genie bleibt ein Genie und kein Genie bleibt sie.

Natürlich nahm ich auch Abschied von meinem geliebten Aussichts-Rondell. Abend für Abend, kurz vor Sonnen-Untergang galoppierte, naja, trabte ich in der dicken Spätsommerluft hinauf und ließ den wunderschönen Anblick des Meeres und der Hügel-Kette ringsum auf mich einwirken.

Ich bestaunte immer wieder das Farbenspiel der Sonne, wenn sie sich leuchtend verabschiedete und erst, wenn die Sterne am Himmel zu sehen waren, machte ich mich auf den Rückweg hinunter zu meinen Garten. Dieses Bild von Meer, Hügel und Sonne wollte ich mir auf ewig einprägen, denn ob ich jemals wieder einen so schönen Ausblick haben und ob ich dem Sternenhimmel jemals wieder so nah sein würde, war ungewiss. Realistisch betrachtet eher nicht.

Ich wusste zwar, dass ich mit Vivina und Rick von hier fortgehen würde, ich wusste aber nicht, wo diese Reise, meine Reise, letztendlich enden würde.

Noch bevor die Gewissheit, dass Rick und Vivina wiederkommen würden, zur Wirklichkeit wurde, war die letzte Sommer-Vollmondnacht angebrochen. In der warmen schweren Nachtluft bettete ich mich – wie seit Jahren – auf den Grabhügel meines Zwillingsgefährten. Trauer beschlich mich nun doch, denn es konnte unsere letzte gemeinsame Nacht sein.

Das ist das Schlimmste beim Abschiednehmen: man muss immer geliebte Freunde zurücklassen. Zweifel überkamen mich plötzlich und ich konnte meine Tränen nicht zurückhalten, als ich die Nähe meines Zwillingsgefährten spürte. Meine erste Frage war, ob ich wohl das Richtige tue, wenn ich fortgehe. Lange schwieg mein Zwillingsgefährte und wir sahen uns mit unseren inneren Augen und unseren Seelen an. Dann, anstatt mir eine Antwort zu geben, fragte er mich, ob ich mich noch an die Sache mit dem Gral, der Geld genannt wird, erinnere. Ich war etwas erstaunt; bruchstückweise erinnerte ich mich noch, aber was dieser Geld-Gral mit meiner Entscheidung zu gehen oder zu bleiben zu tun hatte, begriff ich nicht. Schließlich kannte ich diesen Geld-Gral nicht und habe ihn auch nicht nötig. Sie erinnern sich: wozu über Regen nachdenken, wenn es gar nicht tröpfelt.

Mein Zwillingsgefährte stellte klar, was er meinte: es ging ihm nicht um den Geld-Gral selbst, sondern darum, dass ich lernen musste, auf die eigene innere Stimme zu hören und meine eigenen Träume wahr werden zu lassen, anstatt falschen Wunschvorstellungen nachzujagen. Diese Herausforderung, zu gehen oder zu bleiben, sei nun ein Teil meiner Lebens-Geschichte geworden. Niemand, nicht einmal er, könne mir sagen, was ich tun soll, das müsse ich ganz allein mit mir ausmachen. Ich solle nur auf die Stimme meines Herzens hören und auf sonst nichts und niemanden, denn was das Schicksal für mich bereithält, sei nicht vorherzusagen.

Na toll. Wenn der Himmel keine Antwort weiß, wer denn dann?!

Mein Zwillingsgefährte erklärte mir, dass ich jetzt an einer Lebenskreuzung stand und je nachdem, für welchen Weg ich mich entschied, würde mein Schicksal die eine oder die andere Wendung nehmen. Nur an solchen Lebenskreuzungen habe jede Seele einen bedingten, wenngleich unvorhersehbaren Einfluss auf das eigene Schicksal. Ich solle in meinen Träumen beide Wege, den des Gehens und den des Bleibens, unvoreingenommen auf mich einwirken lassen. Und mit dem Herzen entscheiden, welcher Weg mir als der bessere erscheint: hier in meinem bekannten und geliebten Terrain allein weiter zu leben oder mit meinem Freund Rick und meiner Gefährtin Vivina zusammen an einen unbekannten Ort das Leben neu zu wagen.

Eine Weile schwiegen wir beide. Es war kein beklemmendes Schweigen, sondern es war wie die Stille einer Waage, die ruhig und ausbalanciert in ihrer Mitte ruht, um der Zeit Gelegenheit zu geben, sie letztlich auf die richtige Seite zu neigen, wenn alles bedacht und ausgewogen ist.

In dieses schwebend schwingende Schweigen hinein sah ich Bilder vor mir: Bilder aus den Zeiten, als ich mit meinem Zwillingsgefährten in Tagen und Nächten durch die Gegend gestreift bin. Glücklich, ausgelassen, verspielt tobten wir vor meinem inneren Auge noch einmal unsere Wege entlang, jagten Katzenbastarde und lagen müde und entspannt des Nachts aneinandergekuschelt in einer windgeschützten Graskoje. Ein tödliches Schwarz grollte in meine Gedanken. Es war der große schwarze Schatten des LKW-Reifens, der vor vielen Jahren lautlos und grausam das Leben meines Zwillingsgefährten ausgelöscht hatte.

Die Waage schwieg nun nicht mehr, sie entschied sich.

Mir wurde klar, dass ich meinen Zwillingsgefährten mit meinem Abschied von meinem Revier nicht verlieren würde, sondern schon lange verloren hatte. Nicht im Herzen, schon gar nicht in der Seele, aber im Leben.

Und ich sah mich allein und verlassen dieselben Wege entlang trotten wie damals mit ihm und mir die Zeit des Wartens auf nichts, ja auf nichts, mit der Jagd auf Katzenbastarde vertreiben. Ich erkannte, dass ich im Grunde genauso vergessen war, wie mein Garten. Andere Tiere haben ein Zuhause, ich hatte Fütterer, die schneller wechselten als ein Katzenbastard Haken schlägt. Bitte, das ist zugegebenermaßen ein bisschen übertrieben, aber die Wahrheit liegt nicht immer in der Mitte, sondern manchmal auch im Argen. Wie bei mir, denn ich war seit Jahren einsam wie ein Federflieger, der einen Flügel verloren hat. Ich wollte wieder fliegen, lachen, gespannt sein, Neues sehen. Es war zu früh, sich nur noch zu erinnern.

Ich sah meinen Zwillingsgefährten innerlich an und konnte die Tränen nicht zurückhalten. Ich wollte es auch nicht. Hätte ich es mir aussuchen können, hätte ich ihn wieder lebendig werden lassen und wir wären auf ewig in unserem Revier zusammen alt geworden, aber dabei jung geblieben.

Doch das Schicksal hatte nun einmal leider ganz anders entschieden. Ob weise, weiß ich nicht.

Immerhin, in meinem Herzen würde mein Zwillingsgefährte für immer bleiben, unvergessen, geliebt, und ein Stück von ihm würde mit mir gehen auf diese Reise in eine Zukunft ohne Gewähr.

Ohne dass ich es wahrgenommen hatte, war die Mitternachts-Stunde vorbei gezogen und ich bemerkte, dass sich mein Zwillingsgefährte langsam aus meinem Inneren entfernte. In der Weite des nächtlichen Sternenhimmels hörte ich ihn noch flüstern, dass wir uns wiedersehen werden. Ja, dachte ich traurig, eines Tages in deiner Welt da oben, auf deinem Stern. Hoffentlich.

Mit seiner Stimme, die so leise war, wie der Flügelschlag eines Schmetterlings und so fern wie die Quelle des Meeres, beruhigte er mich: wo immer ich sein würde, werde er auch sein. In mir, bei mir, mit mir.

Nun, ob ich jemals herausfinden würde, wie mein Zwillingsgefährte seine letzten Worte gemeint hatte, stand noch in den Sternen. Die nie lügen, die wir aber selten lesen können. Zunächst einmal mussten Rick und Vivina zu mir zurück kommen und dann erst konnte sich entscheiden, ob, wie, und vor allem wo wir Drei gemeinsam leben würden.

Mein Zwillingsgefährte konnte noch auf mich warten, in der anderen Wirklichkeit.

Womöglich hatten Rick die Stunden zwischen Liebe und Tod – im Wartesaal der Nacht ohne Morgen – gezeigt, dass das Leben in der Stadt nicht nur für Hunde tödlich sein konnte. Vielleicht würden er und Vivina ja zu mir kommen, um hier in der Nähe meines geliebten Reviers die verbleibende Zeit unseres gemeinsamen Erdenlebens als Fest zu feiern. Warum eigentlich nicht?

Dieser Gedanke erhellte meine melancholische Stimmung wie ein knisternd-warmes Kaminfeuer. Ich begann mich darauf einzustellen, dass das Schicksal mich noch einmal überraschen würde.

Wie ich bereits am eigenen Leib erfahren hatte, hielt das Schicksal schließlich immer eine Überraschung bereit. Und die meisten unerwarteten Schicksals-Entscheidungen waren so schlecht nicht, wie das Herzkleeblatt mit Rick, Vivina und mir beweist. Und diese seltsame Herzensbrücke, die es gab, obwohl es sie eigentlich nicht geben kann.

Ich beschloss, dem Schicksal zu vertrauen und abzuwarten, was es für uns Drei bereit hielt, sobald Vivina und Rick im Herbst wieder bei mir waren. Nur eins war klar, Schicksal hin, Schicksal her: wir Drei mussten zusammenbleiben und dafür würde ich, Clochmar, die Meeresglocke, sorgen.

EIN NEUER ANFANG

Mit dem ersten herbstlich frisch aufziehenden Morgenrot spürte ich, dass Vivina und Rick mir näher und näher kamen. Dieser Tag war mein Schicksals-Tag. Nun gab es kein Zurück mehr, sondern nur noch entweder oder.

Als der Himmel langsam heller und das Sonnenlicht so gleissend wurde, dass es mich in den Augen blendete wenn ich hochblinzelte, verließ ich meinen vergessenen wilden Garten, warf einen letzten Blick auf das Hügelgrab meines Zwillingsgefährten und ging, ohne noch einmal zurückzublicken, auf die Wiese an der Ecke der Straße ohne Ausgang und wartete. Ja, ich wartete, aber nicht auf das Nichts, sondern mit banger Hoffnung auf die Zukunft. Hier hatten wir Drei uns im späten Frühjahr getrennt und entweder würden Rick und Vivina mich an dieser Stelle wieder abholen oder gar nicht.

Ich muss beim Warten eingeschlafen sein, denn ohne dass ich ihn herbeifahren gehört hatte, hielt der weiße Flocki-Wagen plötzlich neben mir auf der Straße.
Wie eine Windböe erwischte mich das Gefühl des Zweifels.
Täuschte mich mein sehnlichster Wunsch mit einem Traum-Bild, oder war das, was ich sah, Wirklichkeit?
Ich blinzelte ein-, zweimal – Flocki stand immer noch da! Weiß, strahlend, mit laufendem Tucker-Motor. Vor lauter aufgeregter Freude konnte ich mich gar nicht so schnell aufrappeln, wie ich wollte. Vivina und Rick waren gekommen, um mich abzuholen. Sie waren wirklich da. Mein Traum wurde wahr! Unsere Freundschaft hatte die Schatten der Lügen besiegen können.

Am liebsten wäre ich durch das offene Fenster direkt in den Flocki hineingesprungen, aber dafür war ich nach diesem opulenten Sommer etwas zu, naja sagen wir, zu kompakt.
Vivina rief mich bei meinem Namen und öffnete mir die Rückbank-Tür des Flockis zum Reinspringen.
Ein Satz, und ich war im Beginn der Zukunft, egal wo und wie sie enden sollte. Ehe ich Rick von hinten im Nacken schnäuzeln konnte, fuhren wir Drei ohne ein ausgiebiges Wiedersehen-Gekraule auf und davon.
Seltsam, es war wie eine Flucht, als hätten Rick und Vivina die Befürchtung, irgendetwas oder irgendjemand könne uns jetzt noch aufhalten. Eine unnötige Sorge, denn mich hielt nichts und niemand mehr auf. Ich hatte mich entschieden. Für unsere Freundschaft, gegen das Warten und für das große Abenteuer Leben.

Wir brausten und schaukelten mit einem Tempo, das mir viel zu schnell war, weil ich alles nur verschwommen vorbeizischen sah, über verschlungene Wege und verdammt enge und steile Kurven zu ihrem, nein zu unserem neuen Haus. Ob es eine Heimat für uns werden würde? Das Schicksal musste das entscheiden, nicht wir. Allerdings sorgten wir dafür, dass die Entscheidung leicht fiel. Doch davon später mehr.

Bei dieser Gelegenheit muss ich einfach loswerden, was Menschen doch für komische Wesen sind. Ich fühlte deutlich die herzige Freude von Rick und Vivina, dass wir Drei wieder zusammen waren. Ihre Freude war allerdings geboren aus der Erleichterung, dass ich sie wiedererkannt hatte und ohne zu zögern mit ihnen gegangen war. Na, was dachten die beiden denn, nach allem was wir Drei miteinander durchgemacht hatten? Hätte ich denn die Herzensbrücke gebaut, wenn ich nicht genau gewusst hätte, wonach ich mich sehne? Mein Leben hatte ich riskiert für unsere Freundschaft und da sollte ich nicht mitkommen? Aber so sind Menschen. Sie können einfach nicht auf ihre innere Stimme vertrauen. Vielleicht hören sie sie auch nicht deutlich genug. Nicht so deutlich wie wir Hunde. Jedenfalls schienen die beiden tatsächlich Angst gehabt zu haben, dass ich sie nicht mehr kennen oder mich gegen unsere Freundschaft entscheiden würde.

Später bekam ich allerdings heraus, dass ihre innere Anspannung daher rührte, dass sie meinten, mich bei unseren letzten gemeinsamen Zeiten verletzt zu haben, weil sie mich einfach zurückgelassen hatten. Dabei wusste ich doch ganz genau, dass das so „einfach" gar nicht gewesen war. Schließlich hatte ich ihre versteckten Tränen beim Wegfahren immer bis unter die Haut und im Herz miterlebt. Aber diese Trauer, die wir alle Drei bei unseren Trennungen zu oft durchlitten hatten, würde sich nicht mehr wiederholen, denn seit heute gehörten wir Drei zusammen. Für immer und überall. Egal, wo immer und überall war.

Zunächst war immer und überall wirklich nicht sehr weit. Nachdem ich mir durch die kurvigen Straßen und die rasante Fahrt ein paar blaue Flecken geholt hatte, hielt Rick an. Vor uns auf einem Hügel stand ein weiß-rosa-farbenes Haus. Es sah aus wie frisch gewaschen. Sehr sehr sauber, ohne Macken, ohne Regenflecken, ohne Hinterhofseite. Ich weiß es noch wie heute. Mein erster Gedanke war, ob das mit uns und diesem Haus gut gehen würde. Denn ein Haus ist wie ein Gesicht – entweder hat das Leben bereits interessante Spuren darin hinterlassen oder es ist alles glatt, nichtssagend und damit ein wenig langweilig.

Auf den zweiten Blick und ohne allzu große Erwartungen war das weiß-rosa-farbene Haus allerdings gar nicht so übel. Es war etwas kleiner als mein Lieblingshaus, aber es lag hoch genug auf einem Hügel, sodass der Ausblick von der Terrasse wundervoll bis zum Meer und über die Hügelkette ringsherum reichte.
Ich versuchte herauszubekommen, ob ich von irgendeinem Fleckchen dieses neuen Haus-Geländes vielleicht mein altes Revier sehen konnte. Aber so sehr ich mich auch reckte und streckte, von meinem alten Terrain war nichts zu erkennen. Wir mussten also doch ein ganz schönes Stück von meinem früheren Leben entfernt sein. Wahrscheinlich war es auch besser so. Wie soll man Neues entdecken, wenn das Alte noch nicht aus dem Blick ist?

Rick und Vivina begannen, die Zauberkisten, die bereits im Haus standen, in die Zimmer und Schränke zu verteilen. Da störte ich nur, also machte ich mich auf, das neue Terrain, mein neues Revier, zu erkunden.
Überall stieß ich auf Hecken und Zäune, die den Garten umsäumten, der zumindest ein wenig an meinen alten vergessenen wilden Garten erinnerte. Die einzige Möglichkeit, unser neues Revier zu verlassen, um zu sehen, was auf der Straße vor sich ging, war die kerzengerade steile Auffahrt, die das weiß-rosa-farbene Haus mit der Straße verband.
Als ich mich jedoch einfach so probehalber vor die Einfahrt auf die Straße legte, um das Treiben um unser neues Haus herum zu beobachten, wurde ich von Rick sofort zurückgerufen. Er erklärte mir, dass das zu gefährlich sei. Ich verstand ihn nicht so recht. Schließlich hatte ich in meinem alten Terrain auch oft vor der Einfahrt auf der Straße gelegen. Warum sollte es hier gefährlicher sein? Ich beschloss, wann immer er es nicht bemerkte, hinunter zu schleichen und meinen Beobachtungsposten zu beziehen. Schließlich musste ich wissen, was hier so geboten und los war. Außerdem musste geklärt werden, wer hierher in die Gegend gehörte und wer nicht.

Am zweiten Tag unseres Aufenthaltes in dem neuen Revier merkte ich allerdings, wie recht Rick mit seiner Warnung hatte: Ich wollte gerade wieder meinen Beobachtungsposten einnehmen, als ein Auto um die Ecke gerast kam. Mit einem beherzten Sprung nach hinten konnte ich mich im letzten Moment in Sicherheit bringen. Die Reifen rollten um Nasenspitzenlänge an mir vorbei. Das war knapp. Verdammt knapp. Kaum in der Zukunft und schon tot, nein, das konnte es nicht sein.

Allerdings hatte ich bei meinen kurzen heimlichen Beobachtungszeiten – zwischen Straße und kerzengerader Auffahrt - schon spitz gekriegt, dass in dem Haus direkt gegenüber mehrere dieser allgegenwärtigen Katzenbastarde wohnten.
Glauben Sie mir, wohin Sie auch kommen, mindestens ein Katzenbastard ist bereits da. Sie sehen ihn vielleicht nicht gleich, aber er sieht Sie.
Und soweit ich das mit meiner Schnüffel-Nase beurteilen konnte, waren die hiesigen Katzenbastarde auch schon auf meinem neuen Terrain gewesen. Hätte mich auch sehr gewundert, wenn nicht. Aber das sollten sie ab jetzt noch einmal wagen! Ab heute war ich, Clochmar, hier und ich würde ihnen schon zeigen, wessen Terrain das war.
Am oberen Ende der Auffahrt entdeckte ich nach langem Suchen und Peilen ein interessantes Aussichtsplätzchen mit Blick direkt auf das Katzenbastard-Haus gegenüber und hatte dabei gleichzeitig auch noch ein kleines Stück Straße im Blickfeld.
Von diesem neuen Beobachtungsposten aus bekam ich mit, dass jeden Tag um dieselbe Zeit eine alte Frau – sie erinnerte mich ein wenig an die Sonnenschein-Pianistin – mit ihrem kleinen Auto zu dem Katzenbastard-Haus kam, um die verschlagenen Tatzenmonster zu füttern.
Na, denen konnte es gut gehen. Essen auf Rädern! Sie hatten ein ganzes Haus und Grundstück für sich allein und wurden täglich mit den besten Leckereien versorgt.
Ich beschloss, im nächsten Leben, falls es dies geben sollte, als Katzenbastard auf die Erde zu kommen. Und zwar hierher in diese Vollpensions-Herberge für schnorrige Schnurrer. Aber noch gab es kein nächstes Leben, sondern mich als Clochmar. Und das war Pech für die Pfotenschleck-Bande. Denn alles hatte ich für mein neues Leben mit Rick und Vivina aufgegeben, nur das eine nicht: meine Hass-Liebe zu Katzenbastarden.

Wirklich schade, dass ihr Vollpensions-Garten-Gelände genauso eingezäunt war wie mein neues Revier. Ich fand einfach kein Schlupfloch im Zaun, um ihnen das Leben auf ihrem Heimatgelände ein bisschen schwerer zu machen. Das gelang mir jedoch auf andere Art und Weise. Diese Tatzenviecher waren es nämlich offensichtlich in der Vergangenheit gewohnt, durch den nun von mir eingenommenen Garten des weiß-rosa-farbenen Hauses zu streifen. Ihr Pech, hihi. Nach einigen vergeblichen Versuchen ihrerseits, bis an meine neue Terrasse zu gelangen, gaben sie es schließlich auf. Ich war hier jetzt die Chefin im Revier und sie hatten auf meinem Gebiet nichts mehr zu suchen. Das hatte ich ihnen in kürzester Zeit mit langen Panther-Jagdsprung-Sätzen unmissverständlich klargemacht.

Aber diese Biester rächten sich auf infame Weise. Immer wieder kletterten sie nachts, sobald das Tor der Auffahrt geschlossen war, durch ein kleines Mauerloch auf mein Terrain. Und stolzierten mit aufgestelltem Schwanz durch die Lichtschranke am Tor, nur ein kurzes Stück, aber weit genug, um das gesamte Außenlicht unseres neuen Terrains anspringen zu lassen. Natürlich um mich zu ärgern, versteht sich.

Denn jedesmal, wenn ich – geblendet durch die angeklickten Flutlicht-Lampen – halbblind und verschlafen zum Tor angehechelt kam, waren sie schon wieder draußen. Diese Biester waren so behende wie clever. Zum Kotzen. Depressionen konnte man kriegen. Doch bevor ich die bekam, hörte ich auf damit, beim Aufflackern der nächtlichen Grundstücks-Festbeleuchtung sinnlos zum Tor zu hechten und offensichtlich war das die richtige Entscheidung. Denn kurz darauf hatten auch die Katzenbastarde keinen Spaß mehr daran, mit aufgestelltem Schwanz durch die Lichtschranke zu huschen. Es herrschte eine Art Burgfrieden zwischen uns, zumindest nachts. Eigentlich nur nachts.

Zwischen Rick, Vivina und mir entwickelte sich unsere erste gemeinsame Zeit in dem neuen gemeinsamen Zuhause ganz anders, als in dem alten Revier und unserem einstigen Lieblingshaus. Im Gegensatz zu früher ließen sie mich wirklich keinen Augenblick mehr allein. Wo sie auch hingingen oder hinfuhren, sie nahmen mich mit. Ich hätte sie zwar auch nirgendwo allein hingehen lassen, aber die beiden machten gar keine Anstalten, etwas ohne mich zu unternehmen und mich allein in dem neuen, faltenlosen, reingewaschenen Haus zurückzulassen.

Da unser neues Haus sehr weit oben auf einer Hügelkette stand, fuhren wir häufiger mit dem Auto als von unserem alten Revier aus. Selbst zum Strand mussten wir mit dem Auto fahren. Aber ich hatte eigentlich nichts dagegen einzuwenden. In meinem Alter lässt man sich lieber fahren, als selbst allzuviel zu laufen.

Und unsere langen Spaziergänge am Strand und die kurzen abendlichen Runden rings um den Hügel, auf dem das weiß-rosa-farbene Haus stand, reichten mir völlig. Ich war schließlich wirklich nicht mehr die Jüngste.

Wie Sie sich schon denken können, besuchten wir auch wieder meinen Freund Dodo im Relax, regelmäßig, wie ich rückblickend glücklich gestehen muss, und wir speisten das eine oder andere Mal göttlich. Eigentlich jedesmal. Kein Katzenbastard der Welt weiß, was ihm in diesem Restaurant entgeht. Denn Dodo versteht bei Katzenmäulern keinen Spaß: ich jage ihnen aus Spaß hinterher, er verjagt sie, ihnen in den Hintern beissend.

Nach jedem der unzähligen Relax-Besuche war ich immer hocherfreut darüber, dass ich nur ins Auto springen und nicht den ganzen Weg zu unserem Haus laufen musste. Mit vollem Bauch und schläfrigen Beinen läuft es sich immer so anstrengend. Ganz ehrlich gesagt, konnte mich in solchen Momenten eine junge Schildkröte überholen. Peinlich. Gut, dass es nie jemand gesehen hat.

Mindestens peinlich war allerdings auch, was Rick einfiel, als wir miteinander unseren ersten herbstlichen Strandabstecher machten. Kaum dass er seine Schuhe ausgezogen und den Sand unter seinen Sohlen gespürt hatte, blieb er stehen. Seine Augen bekamen diesen verklärten Ausdruck, als wollte er in die Ewigkeit schauen und ich weiß nicht was darin entdecken.

Rick schluckte schwer, kleine Tränen schossen in ihm hoch. Ganz langsam und still in sich gekehrt, nahm er mit seinen Blicken Maß an den umliegenden Felsausläufern der Hügelketten, den Sonnenschirm-Kronen der Pinienbäume und dem geschwungenen Saum des Meeres.

Er begann zu lächeln, ganz so wie früher, als wir uns das erste Mal trafen. Er war's zufrieden, das Glück war in ihn zurück gekehrt.

Ich machte es mir am Strand neben Vivina auf der großen verwaschenen Decke bequem und richtete mich auf einen schläfrigen Mittag ein. Alles schien endlich ins Lot zu kommen. Rick hatte sein Augen-Funkeln zurück, Vivina eine Tüte mit den übrig gebliebenen Leckereien von gestern Abend dabei und soweit ich es überblicken konnte, gab es nicht einen Katzenbastard am Strand, sondern nur meine Artgenossen. Während ich vor mich hinzudösen begann, bekam Rick ohne Vorwarnung eine eigenartige Wallung. Er stand auf, breitete seine Arme aus, als wolle er ich weiß nicht wen oder was umarmen, und flüsterte mehrmals, dass er genau deshalb und dafür noch einmal überlebt habe: für diesen Blick, für diese Heimat seiner Seele, ja wirklich, so nannte er es und ergänzte, dass ihn dieser Fleck Erde schon immer gesund gemacht hätte und immer gesund machen würde.

Ich hoffte, Rick würde sich nun wieder beruhigen, denn manche Menschen starrten schon zu uns herüber und glaubten wohl, Rick habe den Verstand verloren, so wie er dastand, in der Pose einer Statue mit ausgebreiteten Armen.

Doch leider kam Rick jetzt erst richtig in Stimmung. Er begann sich auszuziehen, ganz auszuziehen und erklärte Vivina, dass er jetzt und sofort nackt ins Meer musste. Ich hatte Rick noch nie nackt gesehen und ehrlich gesagt, war mir nichts entgangen. Da gab es weiß Gott braungebranntere und etwas wohlproportioniertere Gestalten am Strand. Wie hieß es noch bei den Knauser-Fütterern, was meine Portionen anging: weniger ist mehr. Bei mir lagen sie damit falsch, beim Ausziehen von Rick hatte dieser Spruch allerdings viel Wahrheit. Weniger auszuziehen wäre besser gewesen. Für ihn und für alle.

Vivina erschrak, als ihr bewusst wurde, dass Rick keinen Scherz machte, sondern es ihm wirklich ernst war. Er wollte nackt ins Meer. Unbedingt. Sie erinnerte ihn daran, dass seine Nieren, die Pieselorgane, sich zwar wundersam erholt hatten, aber das Meerwasser mit den Wellen nicht annähernd die Temperatur einer eingeschäumten Badewanne hatte. Ihm war das egal. Typisch. Kaum war das Funkeln in seine Augen zurück gekehrt, hatte er auch schon wieder seinen alten Sturkopf.

Rick bat Vivina – nein, er forderte sie auf – mit dem Summer-Fotoapparat seine zweite Geburt zu knipsen. Zweite Geburt? Jetzt war er durchgeknallt, soviel stand für mich fest. Sollte das Meer für seinen angeschlagenen Körper zu kalt sein, würde Vivina seinen zweiten Tod fotografieren.

Womit Vivina auch versuchte, Rick von diesem Leichtsinn abzubringen, es war so sinnlos, als würde man versuchen, einem Federflieger das Zwitschern auszureden. Rick wollte partout in die kleinen seichten, aber bereits herbstlich frischen Wellen des Meeres hinein.

Ein Blick in seine Augen hatte mir genügt und ich wusste, dass mit Vernunft nichts dagegen zu machen war. Hab' ich es Ihnen schon erzählt? Ich glaube nicht: es gibt so ein, zwei Melodien, wenn die aus dem Radio erklingen, egal ob tags oder nachts, dreht Rick die Lautstärke voll auf und singt aus voller Inbrunst mit. Wie ein wahnsinnig gewordener Federflieger. Er muss in diesem Augenblick in dem Meer eine wundersame Melodie gehört haben und wollte sie einfach besser und lauter genießen, also musste er in das Meer hinein. Der Klang der Wellen hatte ihn in Bann geschlagen und seinen Verstand ausgeblendet. Eine andere Erklärung gab es nicht.

Nackt bis auf die spargelfarbene Haut rannte Rick auf das Meer zu, stakste in die kleinen Flutwellen-Ausläufer hinein und mit einem Jauchzer tauchte er kopfüber in die erste halbwegs erwachsene Welle – und blieb für meinen Geschmack zu lange unter Wasser.

Dann schnellte sein Körper aus dem Meer, er schüttelte seinen Kopf wie ein Stier, der zum Angriff entschlossen ist und seine Haare ließen die perlenden Tropfen fliegen wie eine Blume, die im Wind ihre Blüten abwirft.

Rick lachte, wie ich ihn noch nie lachen gehört hatte und vom Strand aus, wo ich Position bezogen hatte, erinnerte er mich an einen jungen, schnatternden Delphin, der nicht weiß, wohin er mit seiner Freude soll.

Vivina stand neben mir, den Fotoapparat an die Augen gepresst, knipste, staunte und mahnte Rick immer wieder, doch rasch aus dem Wasser zu kommen. Sie sorgte sich um ihn, sie wusste, dass er noch zu angeschlagen war, um das herbstliche Meer ertragen oder gar genießen zu können.

Rick kümmerte das nicht. Er klatschte in die Wellen, schwamm rückwärts, kraulte und verscheuchte mit seinem Lärmen garantiert die letzten Krebse, Krabben und Fische, sollte es die so nahe am Strand noch geben. Und dann geschah es. Sein Jauchzen wurde zum Prusten, er rang nach Luft und versuchte schnurstracks geradeaus zum Strand zurück zu kommen. Vivina ließ den Fotoapparat in den Sand fallen und lief ihm im Wasser entgegen.

Rick kämpfte sich durch die Wellen in ihre Richtung. Sein Lachen war weg, er wollte nur noch heil raus aus dem Meer, egal wie. Ich spürte, dass die Kraft, die ihn bis hierher und bis in das Wasser getragen hatte, nun zur Neige ging und sprang in die seichten Strandwellen. Erst danach wurde mir bewusst, dass ich ja gar nicht schwimmen konnte und außerdem Wasser in jeglicher Form hasse. Nur gut, dass niemandem auffiel, wie schnell ich kehrt machte, um wieder sandigen Boden unter meine Pfoten zu bekommen.

Vivina war glücklicherweise rechtzeitig bei Rick, um das Schlimmste zu verhindern. Und so, dass es aussah, als würde sie ihn umarmen, zog sie meinen um die Nase blass und auf den Lippen bläulich gewordenen Freund an den Strand.

Rick keuchte nach Luft wie ich, wenn ich einem Katzenbastard aus Übermut einen Hang hinauf nachgehechelt bin. Er sank auf unserer Decke zusammen wie ein Mimosenstrauch, der in Sekundenschnelle verdorrt, weil er keinen Saft mehr in seinen Zweigen und Blättern hat. Aber die Augen von Rick strahlten. Wahrscheinlich hatte er die Melodie des Meeres und den Klang der Wellen gehört; laut genug, um glücklich zu sein.

Vivina trocknete ihn ab wie eine Mutter ihr Junges. Sie mahnte ihn, dies nicht noch einmal zu tun und herzte ihn gleichzeitig, weil sie spürte, wieviel es ihm bedeutet hatte, sich selbst zu beweisen, dass er nicht nur wieder leben, sondern sogar bereits wieder schwimmen konnte.

Rick lächelte dabei und zitterte vor Kälte wie das Schilfrohr im Mistral-Wind. Es dauerte, bis er sich wieder angezogen und etwas beruhigt hatte. Ich kuschelte mich von der einen Seite an ihn, Vivina von der anderen und so in unsere Mitte gebettet, wärmten wir ihn auf.

Alle Drei sahen wir auf das Meer, die Hügel, die Bäume und ich glaube, wir dachten dasselbe: von Menschen konnte diese Landschaft nicht geschaffen sein, dafür war sie viel zu traumhaft unwirklich und dennoch lebendig, seit jeher und für immer da, und in keinem Moment gleich, sondern ständig anders, obwohl sie dieselbe blieb.

Aneinander geschmiegt, als wären wir drei Neugeborene aus demselben Wurf, ließen wir uns die hinter den dünnen Wolken sandfarben gewordene Abendsonne ins Gesicht scheinen. Sie wärmte mild und zärtlich die Gedanken, die hinter unseren geschlossenen Augen als Erinnerungen vorbeizogen.

Rückblickend glaube ich, dass wir alle Drei an diesem frühen Abend am Meer ein wenig Bilanz zogen. Rick dachte an die gespenstische Klinik-Abteilung mit den Menschen, die heimlich Konserven genannt wurden. Glauben Sie mir, in Gedanken war er dort. Das spürte ich an seinem bang schlagenden Herzen.

Vielleicht begriff er erst jetzt, in welche Gefahr er geraten und ihr glücklich mit heiler Haut und leicht angeschlagenen Organen entkommen war. Ricks Hand strich ganz langsam über mein Fell und über meinen Kopf wie ein wärmender Windhauch, der aus der Stille eines abgebrannten, aber noch glimmenden Feuers aufsteigt. Wusste Rick, dass ich seine etwas kitschigen Worte verstand, mit denen er sich bei mir bedankte, für die Momente, als er glaubte, mich in der Klinik gesehen zu haben? Ich denke nicht, sonst hätte er seine Komplimente eleganter und geschliffener formuliert. Ganz sicher ist, dass Rick glaubte und bis heute glaubt, ich sei nur in seiner Vorstellung dort bei ihm gewesen in diesen Stunden, als er mit den Schatten der Lügen um sein Leben rang. Wer noch nie die Herzensbrücke gegangen ist, kann auch nicht glauben, dass sie wirklich existiert und dass mehr wahr ist, als man mit den Augen sehen und mit dem Verstand begreifen kann.

Vivina wusste mit dem Herzen viel mehr als Rick. Das kam daher, dass sie mehr Bücher als ein alter Baum Blätter trägt, gelesen, nein verschlungen hat. Bücher, in den viel von alten Weisheiten und den Welten jenseits unserer Wirklichkeit geschrieben steht.
Glauben Sie mir, es gibt nicht viel, worum ich die Menschen beneide, aber das Lesen gehört dazu, wie das Kochen. Wobei manche Menschen nur die Illusion haben, kochen zu können, während das Lesen bei den Menschen bestenfalls unterschiedlich schnell oder langsam vonstatten geht. Außerdem kann man bei Buchstaben, die bereits gedruckt sind, nichts falsch machen, sehr wohl aber beim Zubereiten von Köstlichkeiten.
Zurück zu dem, was ich eigentlich sagen wollte: Vivina und mich verband seit der Zeit, als wir in der Klinik mit all der Liebe und Lebensfreude, die in uns war, um das Leben von Rick gekämpft hatten, eine innere Augenkontakt-Freundschaft. Wir wussten beide, dass mit dem Abschied von Rick, ihrem Liebsten, hätte er sich entschieden in die Jenseits-Licht-Wirklichkeit der Flusslandschaft zu gehen, aller Glaube an die Weisheit des Schicksals zerstört gewesen wäre. Denn wir alle Drei hatten in unserem Leben bereits Seelen gehen lassen müssen, die zu uns gehörten, wie die Wurzeln zu einem Baum. Doch Rick war wie ich kein Warter geworden, wie es viele Menschen sind, die nach dem Verlust eines Herzens, das in demselben Takt geschlagen hatte wie das ihre, nur noch auf das Eine warten: auf das Wunder, dass sich das

Gestern im Morgen wiederholt. Aber keine Welle kehrt an den Strand zurück, an dem sie verebbt ist, wenn Sie wissen, was ich meine. Man muss schon neue Ufer aufsuchen, um diese Welle erneut zu finden. Rick war so ein Sucher. Und hatte sich eben auf dieser Suche manchmal in Lügen verirrt, schwarze, lichtlose Lügen, die ihn beinahe in die Nacht ohne Morgen geführt hätten. Wer im Leben sucht, macht Fehler, wer nicht sucht, verfehlt das Leben.

Inwischen hatte die Sonne keine Möglichkeit mehr, sich bei ihrem orangeroten Versinken durch die dichter gewordenen Wolken über der Berghügelkette hell und leuchtend bis zum nächsten Morgen zu verabschieden. Sie verblasste, aber gut, selbst die Sonne hat nicht jeden Tag die Gelegenheit, bis zuletzt zu strahlen.
Wir, dass heißt Vivina und Rick packten die Decke, die Taschen, die Handtücher und den ganzen Krimskrams zusammen und ab ging's mit dem Flocki zu unserem Haus. Wurde auch Zeit. Die Leckereien von gestern waren längst gegessen und in meinem Magen war die Sonne schon seit Stunden untergegangen und hatte einem hungrigen Grummeln das Feld überlassen.

Ich finde, dass man beim Ankommen oder Zurückkommen an einen Ort viel genauer spürt, wie wichtig er einem ist, als beim Weggehen oder Verlassen. Nein, ich rede jetzt nicht davon, dass es mich in Gedanken in mein altes Revier zurücktrieb. Obwohl, eine kleine Sehnsucht schlummerte schon in mir. Aber eine sehr friedliche, keine, die mich gequält hätte. Im Grunde wollte ich Ihnen aber erzählen, dass mir nach unserem langen Strandbesuch bei der Rückkehr in das weiß-rosa Haus klar wurde, dass dies wirklich nur ein Übergangs-Haus war. Nicht mehr, aber auch nicht weniger. Alles an ihm war eine Spur zu klein, die Räume bis auf den letzten Zentimeter funktional ausgestattet. Und für meinen Geschmack viel zu niedrig. Entscheidend war, dass dieses Haus irgendwie überhaupt keine Geschichte hatte und auch nie eine haben würde. Aber womöglich ist jedes Haus und jeder Ort winzig und mit kleinkarierten Widrigkeiten gepflastert, wenn man, wie wir an diesem Tag, stundenlang das Meer, den Himmel und die Waldhügel-Berge gesehen hat. Mit dem Horizont kann es eben keine noch so tolle Aussicht, und die hatte dieses Übergangs-Haus zugegebenermaßen, aufnehmen.

Meine Zurückhaltung und meine Skepsis, dieses Haus einfach nicht als neue Heimat akzeptieren zu wollen, wurde am nächsten Abend noch verstärkt. Auf schlimme Weise und ohne dass das Haus im eigentlichen Sinn etwas dafür konnte; aber wer verletzt wird, kann nicht mehr objektiv sein. Und ich wurde verletzt, unweit des Hauses und wäre Rick nicht dabei gewesen, weiß ich nicht, ob meine Zukunft noch eine Zukunft gehabt hätte: Wir beide gingen wie üblich unsere Nachtrunde. Lange nach dem Abendessen und kurz vor dem zur-Nacht-Kuscheln.

Mir gefiel dieser Spaziergang unter der nächtlichen Sternenkuppel, der längst zu unserem Tagesablauf gehörte, wie die morgendlichen Cornflakes in der unverdünnten Milch. Die gab es nach dem Aufstehen für mich. Rick frühstückte Zigaretten mit Kaffee. Und Vivina liebte die warmen Croissants, von denen ich meist auch noch einen butterigen Zipfel abstauben konnte. So begann unser Tag und er endete regelmäßig mit einer Verdauungs-Runde um's Carré. Wie auch in dieser Nacht.

Wir hatten das Vollpensions-Quartier der Katzenbastarde gegenüber unserem Haus längst passiert und waren auch bereits an meiner Grashalm-Wiese vorbei gekommen. Sie müssen wissen, ich mag Grashalme. Aber nur die großen feuchten. Was den Fütterern ihr Schnaps, das ist für mich ein saftiger Halm: die Garantie für eine problemlose Verdauung. Kurzum, alles war bestens erledigt in dieser späten Nacht, als ich die beiden brennenden Augenschlitze in der Hecke neben der Toreinfahrt einer kleinen Villa sah. Ich witterte einen Artgenossen und ging auf ihn zu, ohne jede böse Absicht. Er knurrte mich gemeingefährlich durch die Hecke an, als wollte ich ihm sein Terrain streitig machen. Ein selten blöder Kläffer. Natürlich bellte ich daraufhin – angefangen hatte wirklich er – ein paarmal zurück. Damit war für mich diese unerfreuliche, weil unfreundliche Begegnung beendet. Rick und ich gingen weiter und während ich an ein paar Grasbüscheln an einer Einfahrt schnupperte und meinen Duftmarkengruß plazierte, war mein Freund schon in die Straße eingebogen, die zu unserem weiß-rosa-farbenen Haus führte.

Und so geschah das Unfassbare in Ricks Rücken: der Kläffer schoss aus einem Zaunloch von gegenüber auf mich zu und schlug – wie ein schwarzer Blitz aus dem Nichts – seine Zähne in meine Flanke. Ich hatte ihn aus den Augenwinkeln auf mich zuschnellen gesehen, war zu Tode erschrocken über seine brennenden Augen, die sich hinter seinen krausen, tintenschwarzen Haaren zu Schlitzen verengten und spürte im nächsten Moment nur noch Schmerz. So gut es ging, versuchte ich dem Angreifer meine Schnauze und mein Gebiss zu zeigen und wehrte mich zurückschnappend. Doch er war viel kleiner als ich und damit wendiger und biss in alles, was er von mir in die Reichweite seiner Zähne bekam: in meine Füße, in meinen Rücken, in meinen Nacken.

Es gelang mir, ihn leidlich abzuschütteln, aber er ließ nicht locker, sondern startete eine Attacke nach der anderen. Alarmiert von meinem Bellen eilte Rick herbei, erstarrte kurz vor Schreck und raste dann mit einem Wutschrei, der selbst mir Angst und Schrecken einjagte, auf den Köter zu und wuchtete dem bisswütigen Irrwisch seinen Fuß aus vollem Lauf gegen den Kopf.

Der wahnsinnig gewordene Kläffer wurde auf den Rücken geschleudert, winselte vor Schmerz, rappelte sich auf und begann, sein Heil in der Flucht zu suchen.

Und was machte Rick? Statt sich um mich zu kümmern, rannte er so schnell, wie ich ihn noch nie habe rennen sehen dem flüchtenden Hurenhund hinterher und brüllte, dass er ihn umbringen werde. Einen Stein in der Hand pirschte sich Rick fluchend an den Zäunen und Gärten vorbei, hinter die der hinterlistige Attackierer geflüchtet war. Doch nirgends konnte er die brennenden Augen entdecken; der gemeingefährliche Köter blieb in Deckung und das rettete ihm das Leben. Denn es gibt Momente, in denen rastet Rick völlig aus, da kennt er kein Halten und keine Vernunft, allerdings auch keine Angst mehr. Dies war so ein Moment. Ich bin sicher, dass er den bisswütigen Köter erschlagen oder mit den bloßen Händen erwürgt hätte, wäre er ihm in die Finger gefallen.

Mit den Worten, dass ihm der verfluchte Bastard leider für's erste entwischt sei, kam Rick zu mir zurück und sah sich meine Verletzungen an. Die Bisswunde in meiner Flanke blutete leicht, ansonsten hatte ich Haare gelassen, büschelweise, war aber nicht tief verwundet.

Allerdings war ich sehr verwundert darüber, dass Rick diesen verdammten Köter als Bastard bezeichnet hatte und dies auch vor Vivina zuhause wiederholte. Offenbar hatte das Wort Bastard eine ganz andere Bedeutung, als ich bislang annahm. Wenn dieses räudige Bündel von Hund mit seinen brennenden Augen ein Bastard war, dann hatte ich meinen Lieblingsfeinden, den Katzen, bereits jahrelang unrecht getan, sie als Katzen-Bastarde zu bezeichnen.

Nein, eine solche Beleidigung hatten sie nicht verdient. Denn heimtückisch gefährlich waren sie wirklich nicht. Nie. Im schlimmsten Fall waren sie gewitzt und auf ihren Vorteil bedacht, wie ich ja auch und vielleicht jedes Lebewesen. Außerdem, um einmal ganz schonungslos offen zu sein, wollte ich im Grunde gar nicht ohne die Katzenbast- halt, ohne die Katzenbande leben. Dafür hatten wir eigentlich viel zu viel Spaß und Neckereien miteinander. So, aber nun genug der Beichte. Schon verrückt, dass einem ein so schlimmes Erlebnis wie die Attacke dieses Hundebastards die Augen dafür öffnet, dass man jahrelang, ohne es zu wollen, völlig ungefährliche, wenngleich unbequeme Futter-Konkurrenten ungerecht und unwissend beleidigt hat. Wenn auch nur in Gedanken, denn verstanden haben sie es ja nie. Hoffentlich. Während dieser inneren Abbitte von mir gegenüber meinen Lieblingsfeinden wusch Vivina die Wunde in meiner Flanke aus und trug ganz zärtlich eine ihrer Cremes aus dem Verjüngungszimmer auf.

Wäre es nach mir gegangen, wir hätten dieses Haus nach diesem heimtückischen Überfall auf mich ganz in seiner Nähe sofort verlassen. Aber für mich sagt sich dies leichter, als es von Menschen getan werden kann. Ich brauche eine Couch, zur Not tut es auch eine Decke, einen vollen Napf und Geborgenheit, Freundschaft und Vertrauen. Das ist es. Mehr braucht kein Hund. Bei Menschen und Fütterern sieht die Sache anders aus, ganz anders: ein ganzes Haus, besser gesagt das Innere eines ganzen Hauses muss in die Zauberkisten hineinverfrachtet werden. Und wenn Sie einfach mal vor Ihrem inneren Auge ein Haus mit zwei oder drei Zauberkisten vergleichen, dann wissen Sie, weshalb es ein Akt ist, bevor Menschen oder Fütterer einen Ort gegen einen besseren tauschen wollen oder können.

Gegen meinen Willen blieben wir also noch eine geraume Zeit in diesem für uns viel zu künstlich sauberen Haus und gegen jede Vernunft und Vorsicht bestand Rick darauf, dass wir unsere Abendrunde weiterhin auch an der Stelle vorbei machten, wo ich überfallen wurde. Allerdings hatte Rick seit jener Nacht einen Ast dabei. Glauben Sie's, oder glauben Sie's nicht: Ich schämte mich für meinen Artgenossen, bei allem Schmerz, den er mir angetan hatte. Was sollte Rick nur von uns Hunden denken, wenn der eine einen anderen ohne Grund, ohne Sinn und ohne Zweck anfällt?

Hätte ich in jener Überfall-Nacht einen saftigen Knochen zwischen den Kiefern gehabt, gut, das wäre immer noch keine Entschuldigung für die Attacke gewesen, aber wenigstens eine Erklärung. Eine bekackte, zugegebenermaßen, denn ich würde niemals einen Artgenossen wegen eines Knochens attackieren und verletzten, aber Not kennt kein Gebot und Hunger kennt nur Kummer, wie bereits erwähnt.

Rick schien diese kritischen Gedanken von mir über meine Artgenossen erraten, oder zumindest gespürt zu haben. Zurück auf der breiten Couch, dem einzigen wirklich eher zu großen als zu kleinen Möbelstück in diesem Übergangs-Haus, legte er sich zu mir. Wir hatten beide noch ausreichend Platz, uns bequem auszustrecken. Rick kraulte mir, so feinfühlig wie nur er und Vivina es können, meinen Bauch und tröstete mich. Was mir von meinem Artgenossen widerfahren war, sei nichts im Vergleich zu dem, was Menschen Menschen antun können.
Ich rückte ein Stück von ihm weg, denn Lügen, gleich wie gutherzig sie gemeint waren, konnte ich nicht ausstehen. Niemals würde ein Mensch einen anderen Menschen so hinterlistig überfallen, wie es mein Artgenosse mir angetan hatte. Wozu auch? Menschen konnten miteinander sprechen, richtig sprechen, wir Hunde haben nur das Bellen und Knurren, um uns zu verständigen. Sollte also ein Mensch auf einen anderen wütend sein, grundlos wütend sein, konnte, nein musste sich dies allein mit der Sprache klären lassen. Niemals würden Menschen wie Hunde aufeinander losgehen.
Rick hatte offenbar auch diese Gedanken von mir mitbekommen, denn er schüttelte traurig den Kopf und korrigierte mich. Der Mensch sei unter bestimmten Umständen das schlimmste Tier, schlimmer als jeder tollwütige Hund und brutaler, als ich es mir vorstellen könne. Jetzt sprang ich von der Couch und sah ihn ermahnend an. Die Wunde in meiner Flanke war zwar unangenehm, aber Ricks unhaltbare Unwahrheiten schmerzten wirklich mehr. Ich mochte ihn doch gerade deshalb, weil er wahrhaftiger war, als fast alle Seelen, die ich vor ihm getroffen hatte. Doch so sehr ich es schätzte, dass Rick angenehme Situationen auf zauberhafte Weise noch schöner machen konnte als sie eigentlich waren, so sehr verabscheute ich es, wenn er – wie jetzt – versuchte, meine Artgenossen in einem besseren Licht dastehen zu lassen, als ihnen gebührte.

Mit einem Blick, in dem sich soviel weise Trauer spiegelte, wie ich sie bislang nur in den Worten meines viel zu früh von der Erde abberufenen Zwillingsgefährten gespürt habe, bat mich Rick, auf die Couch zurück zu kommen. Ich folgte seiner Bitte und während er mir durch mein Fell kraulte, wiederholte er das Unfassbare: Menschen fallen Menschen nicht nur ohne Grund an, sie töten manchmal sogar ohne jeden Sinn ihre Artgenossen und niemand weiß warum. Ich schluckte schwer. Denn die Stimme von Rick klang so tönern wie die Glocke nahe eines Grabsteins. Er tröstete mich nicht mit Lügen, er versuchte mir klarzumachen, dass das Leben eines Hundes mit seinen Artgenossen selbst im schlechtesten Fall nichts ist im Vergleich zu dem, was dem Menschen mit seinen Artgenossen widerfahren kann.

In der Nacht nach diesem Gespräch wünschte ich mir nichts sehnlicher, als niemals als Mensch auf diese Erde zurück zu kehren. Ein Wunsch, den ich nach dem Ende des kommenden Tages sofort wieder verwarf. Denn da sollte ich erleben, wie schön zwei Menschen miteinander ihre Zeit auf Erden feiern können. Wenn sie Seelengefährten sind und wissen, dass jeder für den anderen die Herzensbrücke bauen würde, sollte einer von ihnen in eine Todesnot geraten, aus der nur noch die bedingungslose Liebe einen Ausweg bereit hält.

Der Morgen dieses Tages, den wir Drei später immer als Herzens-Tag bezeichnen und feiern sollten, begann bereits außergewöhnlich. Nicht nur, dass Rick früher als gewohnt aufbrach, um die Frühstücks-Beute zu holen. Nein, er brachte neben den gewohnten Leckereien auch noch einen Rosenstrauß mit, so groß wie ein kleiner Busch. Die abendroten Blüten dufteten ein wenig nach süßem Waldhonig. Eine Flasche von diesem perlenden Wasser, das mich immer an hellen Bernstein erinnert, hatte er auch dabei.
Ginge es nach mir, könnte jeder Morgen zu einem Herzens-Tag gehören. Denn es gab nicht nur ein Fitzelchen Spiegelei für mich, sondern eine Extra-Portion, jawohl, ein ganzes nur für mich gebratenes Ei. Himmlisch. Dazu den Schinken, der auf keinen Teller passt und eine große Ecke Entenleber-Pastete. Es lebe der Herzens-Tag, jubelte ich innerlich, während ich mir die Leckereien schmecken ließ.
Nach dem Frühstück tat Rick sehr geheimnisvoll. In einem aus seiner Sicht unbeobachteten Moment schlich er in den Garten und kramte unter einem abseits liegenden Holzstapel.

Mir war klar, dass er nun diese Stangen mit dem Kerzenwachs hervorholen würde. Ich hatte die Stangen bei einem meiner Pirsch-Gänge längst entdeckt. Allerdings blieb mir ihr Sinn verborgen. Sie waren so bunt wie ein Strauß Luftballons und jede von ihnen war so lang wie mein Körper, wenn ich mich streckte. Mindestens.
Als Kerzen konnte Rick die Stangen nicht einsetzen, sonst wäre die Decke in unserem Übergangs-Haus genauso schwarz geworden, wie es die Kamin-Umrandung bereits war.

Einen Packen der Riesenkerzen unter dem Arm, schlich Rick zum Flocki und lud sie heimlich ein. Er vergewisserte sich, dass Vivina nichts davon mitbekam. Mich bemerkte er schon, aber ich kann schweigen wie eine Wolke, die ja auch alles sieht, aber nie etwas sagt.
Rick musste noch einmal zu dem Holzstapel zurück, um den Rest der Stangenkerzen zu holen. Was um alles in der Welt hatte er vor? Wo sollten diese Kerzen brennen?

Im Haus war Vivina noch immer in dem VerjüngungsZimmer. So lange hatte sie sich in diesem geheimnisvollen Jungbrunnen noch nie aufgehalten. Rick war das recht. Aus zwei Gründen: erstens hatte er so die Wachs-Stöcke heimlich einladen und unter einer Decke auf der Ladefläche des Flocki bestens verstecken können. Und zweitens kam Vivina immer wunderschön aus diesem Zauberzimmer; mit kunstvoll aber gekonnt gesteckten Haaren, ganz ebenen Lippen in einem zärtlichen Rosenrot und stolzen Augen, die zwischen dem Hauch von Blau – das sie ringsherum ganz dezent aufgetragen hatte – leuchteten wie ein Sternschnuppen-Paar, das vom Himmel in ihr Gesicht gefallen ist.
An diesem besonderen Tag fand ich, dass Vivina sich in eine Königin verwandelt hatte: strahlend schön, umhüllt von einer goldenen und gleichsam geheimnisvollen Aura, eine Traumwelt im Herzen, bereit und vorbereitet für eine Zeremonie aus Licht, trat sie aus dem Zimmer. Es war, als ginge die Sonne zum zweiten Mal auf.
Rick musste Vivina auch mehrmals von allen Seiten betrachten, um zu begreifen, dass dies dieselbe Frau war, die vor Stunden in das Zauberzimmer gegangen war.
Bei soviel Glanz wollte auch er nicht in den Klamotten herumlaufen, die vielleicht bequem, aber ganz sicher nicht für ein Fest bestimmt waren.

Während Rick in dem Verjüngungszimmer war, kürzer, viel kürzer als Vivina, und es glücklich lächelnd wie ein Pirat, der seine eigene Insel im Handstreich noch einmal erobert hat, verließ, putzte ich mir mein Fell. Irgendetwas Großes stand bevor und da wollte ich, so gut es ging, mitglänzen.

Auch die herbstliche Sonne schien zu spüren, dass heute ein besonderer Tag war. Durch das geöffnete Fenster des Flocki duftete und flirrte die Luft, als ob es Sommer wäre, nur nicht ganz so heiß.

Sie bemerken schon, ich war bester Laune. Kein Wunder, denn schließlich steuerten wir Drei das Relax an. Und schon unter normalen Umständen hatte dieser Ort für meinen Magen etwas magisches und magnetisches. Es zog mich immer wieder an diese schwingende Küchentür, hinter der Daniel – Sie erinnern sich, der Koch mit dem leisen Lächeln – zauberte.

Und Daniel war an diesem Herzenstag in Höchstform. Als gebe es kein Morgen mehr, tischte er auf, was seine Kochkunst hergab. Er zauberte nicht nur, er übertraf sich. Fast hätte ich bei unserem grandiosen Gourmet-Gelage zur Feier des Herzenstages die Wachs-Stangen im Flocki vergessen.

Doch als Rick Vivina bat, für ein zwei Zigaretten sitzen zu bleiben, da er am Strand eine Überraschung vorbereiten wollte, wusste ich sofort, dass sich nun das Rätsel lüften würde, was um alles in der Welt Rick mit diesen Riesenkerzen vorhatte.

Da ich zum einen Nichtraucher bin – kein guter Scherz, gebe ich zu – und Rick zum anderen nur Vivina gebeten hatte, am Tisch zu bleiben, flitzte ich mit ihm raus in die Nacht.

Der Wind wehte vom Meer herüber; er war warm und er war milder als sonst. Er blies nicht, er streichelte die Luft. Rick schleppte die Fackelstangen an den Strand, sehr weit bis an die heranzüngelnden Flutwellen heran, aber so, dass sie noch im Trockenen lagen.

Dann sah er sehr lange auf die flachen, bauchigen Wellenausläufer, die den Sand seicht überfluteten und in derselben Bewegung zurückflossen oder im Boden versickerten.

Rick ließ sich Zeit, viel Zeit, alle Zeit und ich wusste nicht einmal, wofür. Dann griff er eine der Wachs-Stangen und rammte sie wie einen Zaunpfahl tief in den feuchten Sand, wo eben noch ein wenig Wasser gewesen war. Eine gemächliche Flutwelle rauschte heran, zerfloss auf dem Strand, umspülte dabei das untere Ende der hölzernen Stange und zog sich wieder ins Meer zurück.

Rick strahlte und begann, eine Riesenkerze nach der anderen in den Teil des Strandes zu stecken, der halb dem Meer und halb dem Sand gehörte.

Ich saß in sicherer Entfernung vor den Wellen auf dem trockenen nachtkühlen Sand und begriff wirklich nicht, was in Rick gefahren war. Er pflockte die Fackelstangen nach einem nur ihm vertrauten Plan schrittweise voneinander entfernt in den Boden und freute sich jedesmal, wenn eine Welle an den Holzstäben leckte. Erst bei den letzten drei Wachs-Stangen erkannte ich, was für ein Zeichen er halb im Meer, halb am Strand abgesteckt hatte: ein Herz, ja, zweifelsfrei hatte er mit den Riesenkerzen den Umriss eines Herzens gebaut, das von dem Meer erreicht, aber nicht weggerissen wurde.

Ich staunte nicht schlecht und im nächsten Moment begann ich ihn für immer zu lieben, falls das zwischen einem Hund und einem Menschen möglich ist. Denn er zündete mit einem Pappkarton-Stück Wachskolben um Wachskolben auf den Stangen an und das Herz begann brennend zu leuchten.

Sie müssen sich das vorstellen: unten rauschte das Meer heran und oben brannte das Feuer. Wahnsinn.

Vivina hatte das Flackern der Fackeln wohl im Relax gesehen, denn sie stand plötzlich neben Rick. Er nahm sie bei der Hand und flüsterte, dass alle vier Elemente zugleich die Zeugen ihres Herzens-Bundes sein sollten: das Feuer, die Erde, das Wasser und der Wind. Rick bat Vivina, wie er es bereits getan hatte, die Schuhe auszuziehen. Sie wusste erst nicht, was sie davon halten sollte, tat es aber. Eine Sternschnuppe senkte sich am Horizont ins Meer.

Der Blick von Vivina glitzerte als hätte sich in jedes ihrer Augen ein Diamant verirrt und Rick führte sie an der Hand, barfuß, in das Herz.

Sie umarmten sich in dem Feuerschein der Riesenkerzen, küssten sich und verschmolzen ineinander wie die Wurzeln von zwei Bäumen, die nur noch einen Stamm haben wollen.

Vivina löste sich von Rick und rief mich heran. Ich zögerte, denn nasse Pfoten würde ich schon bekommen, in diesem brennenden Herz am Meer. Aber andererseits wollte ich dieses leuchtende Denkmal unserer, ja unserer Liebe nicht nur von außen bestaunen, sondern mittendrin dabei sein. Und nasse Füße hatte ich schon oft bekommen, aber noch nie bei einem solch einmaligen Schauspiel.

Bis heute weiß ich nicht, wie lange wir überglücklich lachend in diesem flackernden Herz standen, das Meer über unsere Füße fließen ließen, den kuscheligen Wind im Gesicht genossen und uns von den Sternen alles Gute wünschen ließen.

Es sollte noch viele schöne Momente mit uns Drei geben, aber dieser würde – wie Daniels Kochkunst an diesem Abend und in dieser Nacht – unerreicht bleiben.

Das Fest an dem Herzens-Tag hatte uns Drei noch enger zueinander geführt. Für mich war es deshalb überhaupt keine Frage, dass wir die Zukunft miteinander und nie mehr getrennt erleben würden.

Umso trauriger stimmte es mich, als Rick und Vivina an einem regnerischen Abend lange nach dem Herzens-Tag darüber berieten, ob sie mich wohl nach Markland in diese Stadt Berlin mitnehmen sollten oder nicht.

Die beiden sorgten sich um mich und fürchteten, dass ich einen Berliner Winter nicht glücklich überstehen würde. Aber was war denn die Alternative? Wollten sie mich schon wieder hier alleine zurück lassen und wenn ja, wo denn? Sollte ich wie ein Zauberkisten-Koffer, den man mal hierhin mal dorthin trägt, in meinem alten Revier ausgesetzt werden oder womöglich an diesem rosareinen Übergangs-Haus ein neues Heimat-Terrain aufbauen? Nein meine Freunde, versuchte ich ihnen mit Blicken klar zu machen, hört bitte mit diesem Gequatsche auf und begreift, dass wir Drei zusammengehören wie die Wellen, die Flut und die Ebbe des Meeres.

Rick war es schließlich, der alle Bedenken zur Seite schob und entschied, dass ich mitkommen sollte. Probeweise. Ich sah ihn an, dachte zunächst, er habe einen schlechten Scherz gemacht und forderte dann dringend – eine Pfote auf seinem Knie – mit dem tiefsten Blick, zu dem ich fähig bin, eine Erklärung, was denn bitteschön probeweise heißen sollte? Rick verstand und erklärte mir, dass wir Drei in Berlin nur sechs Wochen den deutschen Winter aushalten mussten und es danach wieder hierher in die milden Gefilde gehen würde. Sollte ich in Berlin ohne meine Hügel, ohne mein Meer, ohne meine Sonne und ohne meine Katzenbanden nicht glücklich werden, konnten wir Drei uns über die Jahreswende hier in der Provence überlegen, was zu tun war.

Ich gab mich damit zufrieden, wohlwissend, dass die bessere Lösung die gewesen wäre, dass wir Drei einfach hier zusammen bleiben und ein faltenreicheres, älteres, größeres Haus mit Garten suchen und darauf vertrauen, dass das Schicksal schon weiß, weshalb es uns in Sichtweite des Meeres und nicht in diesem Berlin zusammen geführt hat.

Der Regen wurde leiser und meine innere Stimme lauter. Nie im Leben hätte ich daran gedacht, meine geliebte Provence wegen Berlin, einer Stadt, die ich nicht kannte und von der ich bislang nichts allzu Gutes gehört hatte, zu tauschen. Doch letztlich muss man im Leben dahin gehen, wohin das Herz einen trägt; mit denen, für die es schlägt.

Glauben Sie mir, ich bekam einen gehörigen Schreck, als ich von Vivina hörte, dass es schon morgen Mittag losgehen sollte. Sie eröffnete mir dies bei unserem obligatorischen Gute-Nacht-Streichler. Ich zuckte zusammen und Vivina mühte sich, mir zu versichern, dass alles gut werden würde. Mir wurde nicht eben leicht um's Herz, aber ich tat so, als hätte sie mich überzeugt und mir all meine Bedenken genommen.

Gekuschelt auf meine Couch erwartete ich für lange Zeit die letzte Nacht nahe meines geliebten Reviers. Wie sehr wünschte ich mir in dieser Nacht einen Vollmond herbei, damit ich meinem Zwillingsgefährten erzählen konnte, dass ich schon morgen einen Abschied nehmen würde, wie ich ihn noch nie in meinem Leben genommen hatte.

Aber kein Mond stand am Himmel und nicht ein Stern war zu sehen. Die nächtlichen Wolken hatten ihr undurchsichtiges Himmels-Segel aufgezogen und trieben mit dem Wind dem Morgen entgegen.

Seltsam, dass mir der Abschied, der ja auch ein Anfang war, plötzlich zu schnell kam. Wie eine Welle, die ich herbei gesehnt hatte, damit sie mich in ein neues Leben trägt, und nun, da sie endlich kam, vor ihr erschrak.

Eigentlich war es doch wirklich egal, wann wir abfahren würden. Eine Entscheidung kann niemals besser oder schlechter werden, wenn sie, obgleich gefallen, aufgeschoben wird. Ich sage immer: sobald eine Dose geöffnet ist, muss sie gegessen werden. Basta. Mit diesem Spruch tröstete ich mich in den Schlaf und sank in den seltsamsten Traum, der mir je geschickt wurde.

AUF DEM STRAND
EIN FEUER

Unten am Meer auf dem Strand brannten viele von Steinen umgrenzte Holz-Feuer, als mein Zwillingsgefährte und ich angerannt kamen, so schnell, als hätten wir Flügel unter unseren Pfoten.

Wir hatten den Feuerschein der kleinen Vulkane bis hinauf zu unserem Revier gesehen. Manche Flammen waren so hoch, dass sie sich im Meer spiegelten und wir von oben, von meinem vergessenen wilden Garten aus dachten, die Wellen würden brennen.

Ich konnte all die Gestalten und Tiere, die um die Feuerstellen saßen, standen und tanzten gar nicht einordnen. Teilweise waren es Wesen, halb Mensch - halb Hund, oder, halb Katze - halb Fisch.

Mein Zwillingsgefährte erklärte mir, dass wir zum ersten Mal das Glück hätten, beim Tanz der Seelen dabei zu sein. Er schnappte sich einen schneeweißen Delphin-Kater an den Pfoten und steppte mit ihm lachend um einen Feuerkreis herum. Wahnsinn.

Ich stand ungläubig daneben und wusste nicht, in welche Welt ich da geraten war. Zeit zum Nachdenken blieb mir nicht. Eine Siamkatze, deren Beine so schlank und lang waren wie die der Damen mit den Wespentaillen, die an Wochenenden am Relax vorbei defilierten, umarmte mich zärtlich. Ihre seidigen Schnauzenhaare kitzelten mein Ohr, während sie mir zuflüsterte, mit ihr zu kommen, sie wolle mir den Stein der Spiegel zeigen.

Was soll ich sagen, ich ging mit, ohne zu wissen, warum, und was bitteschön der Stein der Spiegel sein sollte.

Aneinandergeschmiegt wie zwei Igel, die sich über den Strand kugeln, mal schmusend robbend, mal halbwegs aufrecht gehend, führte mich die schlankbeinige Siamkatzen-Gestalt auf einen Steg, der weit ins Meer hineinragte. So weit, dass ich sein Ende nicht sehen konnte, da er am Horizont meines Blickfeldes mit den Meereswellen eins wurde, in ihnen verschwamm.

Am Beginn des Steges, der auf wolkigen Pfeilern über dem Meer zu schweben schien, blieb meine Begleiterin, dieses seltsame Wesen aus Katze und Frau, stehen. Sie erklärte mir, dass jeder diesen Steg alleine gehen muss. Er sei gepflastert mit dem Stein des Spiegels. Das war's.

Die Siamkatze küsste mich auf die Stirn, wünschte mir den Segen der Sterne und löste sich im züngelnden Licht einer Feuerstelle auf, dessen Flamme wie eine riesige Lanzenspitze bis zu dem Steg flackerte.

Vor mir lag der unendlich lange Steg, dunkel, feucht und an manchen Stellen auf ihm spiegelten sich kleine silberne Inseln. Ich blickte zurück auf den Strand. Die Flammen der Feuer wuchsen, die Schatten der Wesen und Gestalten, die um sie tanzten wie Derwische, wurden schemenhafter, verschwammen ineinander und flogen um die feuergischtenden Strandvulkane, als wären es Wolken, die einen brennenden Berggipfel umkreisen.

Und dann erkannte ich die weißen Pferde, die auf schäumenden Wellenkronen an den Strand ritten, frei, wild und verspielt. In welcher Wirklichkeit war ich?

Mein Blick ging zu den Sternen am Himmel, die sich – gen Süden ziehenden Federfliegern gleich – zu Formationen zusammenfügten, wieder auflösten und in ein neues Sternenbild verwandelten.

Ich war in dieser Nacht auf der Rückseite der Welt, auf der anderen Seite der Medaille, die wir Wirklichkeit nennen. Und ich war gern da, lächelte und machte den ersten kleinen Schritt auf den Steg, ohne jede Angst, voller Neugier.

Nichts geschah, außer dass sich meine Augen auf der steinernen Marmorplanke spiegelten.

Ein nächster Schritt und ich sah Rick und Vivina in dem brennenden Herz am Strand. Das seltsame daran war, dass sie nicht ihre, sondern meine Augen hatten. Ich ging weiter auf dem Steg, den Blick nach unten fixiert. Jetzt sah ich mich an dem kleinen Grasstück wartend liegen, an dem die beiden mich abgeholt hatten in meinem jahrelangen Revier, nahe meines Lieblingshauses.

Langsam dämmerte es mir. Dieser seltsame Steg führte mich mein Leben entlang zurück, dahin, wo ich vor Jahren hergekommen war.

Ich begann die Stein-Planken mit großen Sprüngen zu nehmen und meine eigene Geschichte huschte unter meinen fliegenden Pfoten vorbei.

Immer sah ich in allen Seelengestalten, die mir auf meiner Lebensfährte begegnet waren, meine eigenen Augen. Selbst in den – mich plötzlich an kleine Äffchen erinnernden – Katzenbanden-Wesen, die mir die Tage und die Nächte so schwer gemacht hatten. Auch sie blickten mich mit meinen eigenen Augen an.

War ich in ihnen gewesen? Waren sie ein Spiegel irgendeines Teils von mir, so wie ein Regentropfen ein Teil des Meeres ist, ohne dass er es weiß?

Ich begann zu rennen, ich musste an das Ende des Steges, ich wollte wissen, wie alles begonnen hatte und wurde getragen von der Hoffnung, dadurch vielleicht zu wissen, wie es enden würde. Denn jedes Ende ist ein Anfang.

Unser Lieblingshaus flog unter mir auf dem Stein des Spiegels vorbei, gebettet in jene Nacht, als ich Rick und Vivina das erste Mal sah.

Lauf Clochmar, lauf, spornte ich mich selbst an, als könnte dieser wundersame Steg von einem Moment auf den anderen verfliegen wie ein Nebel, der aus dem Nichts kam und in das Nichts geht.

Außerdem wollte ich schnell über die Stegstelle, die kommen musste. Da war sie auch schon, und in den Augen meines Zwillingsgefährten sah ich mich. Ich erkannte trotz des Panther-Satzes, den ich machte, dass der Reifen nicht ihn, sondern mich überrollte und nicht er, sondern ein Teil von mir gestorben war.

Weiter Clochmar, weiter, hämmerte ich mir ein und jagte über die spiegelnden Stegplatten, sah mich, als würde meine eigene Lebens- und Leidensgeschichte wie eine rückwärts tickende Uhr an mir vorbeihuschen, jünger und jünger werden.

Ich erkannte mich, zusammengekauert voller Angst und bibbernd, vor Hunger frierend, in einer Ecke eines verlassenen Hauses liegen. Sah meine verzeifelten Augen, die um Hilfe baten, wo keine Hilfe war.

Renn Clochmar, renn, brüllte mich meine eigene innere Stimme an. Die spiegelnden Steinsteg-Platten huschten und flogen unter mir vorbei wie Rauchschwaden, die vom Gewitterwind aus einem Kamin geblasen werden.

Ich erkannte – wie im Flug – auf einer Spiegelplanke in dem Blick des kleinen Hundes, der geschlagen wurde ohne zu ahnen oder gar zu wissen wofür, meine eigenen weinenden Augen, sah und spürte die Tränen, während ich weiterjagte, dem Ende des Stegs entgegen.

Das letzte, das ich wahrnahm, waren zwei kleine Augenschlitze eines feuchten winzigen Balgs, der von einer warmen Zunge geleckt wurde. Dann wurde es Nacht um mich und auf dem Steg.

Wie ein Blinder, und nicht mehr rennend und hetzend, sondern langsamer und langsamer werdend, setzte ich meine Schritte tastend vermeintlich geradeaus, um nicht von dem Steg zu fallen. Vergeblich.

Plötzlich war Wasser um mich, warmes, seidenes Wasser, meine Augen gingen auf, ich war im Licht und ich fühlte mich wie zu Hause. So zuhause, angekommen und daheim, wie ich mich noch nie in meinem Leben gefühlt hatte. Schwerelos begann ich mit den Pfoten zu rudern, wie ein Fisch, der mit seinen Flossen gekonnt und elegant durch eine Strömung steuert.

Irgendetwas berührte meine Pfoten, streichelte mich zärtlich und ich hörte die Stimme meines Freundes Rick, der meinen Namen rief. Verdutzt und benommen öffnete ich die Augen und sah in das besorgte Gesicht von Rick.
Ich lag auf der Couch. Rick hatte mich träumen gehört, sehr laut, und mit den Pfoten rudern gesehen und war herbei gekommen, weil er sich sorgte. Ich lächelte ihn müde, aber zufrieden an, legte meine Pfote auf seine Hand und er verstand. Alles war gut.
Ob Rick mitbekommen hatte, dass ich im Traum meinen inneren Abschied von meiner bisherigen Welt genommen hatte und erst dadurch wirklich bereit war, mit ihm und Vivina wegzugehen, weiß ich nicht.
Sicher ist, dass Rick viel davon erahnte, mir die Couchdecke neu richtete, damit ich mich bequem mit dem Rücken dagegen kuscheln konnte und mir versprach, dass er mich und Vivina sicher nach Berlin bringen werde.

Am nächsten Morgen, an dem mein seltsamer Traum bereits verblasst war wie die Blüte einer Rose, der alle Blätter – die Stunden zuvor noch geleuchtet haben – sanft wegwelken, bekam ich zum ersten Mal das Zauberkisten-Ritual hautnah mit. Zu meinem großen Verdruss. Denn jede Kiste und jeden Karton, den Vivina anschleppte, versuchte Rick vor und auf dem Rücksitz des Flocki zu verstauen. Er wollte, dass ich im Laderaum mit nach Berlin fuhr. Gut, er polsterte ihn mit allen möglichen Decken aus, aber da konnte er polstern soviel er wollte, da hinten würde ich nicht einsteigen. Mein Platz war der Rücksitz. Die Zauberkisten mussten in den Laderaum weichen.
Vivina war es schließlich, die begriff, weshalb ich so missmutig vor dem Wagen lag und immer auf den von Hause aus äußerst bequem ausstaffierten Rücksitz starrte. Sie überzeugte Rick schließlich, alle Kisten und Koffer nach hinten in den Laderaum umzupacken und mir auf dem Rücksitz ein bequemes Lager einzurichten. Na also, warum nicht gleich so.

Ich sprang mit Anlauf auf die Rückbank des Flocki und ab ging's Richtung Berlin, in meine neue Heimat, in meine Zukunft.

Was ich da alles erleben sollte, passt in keine hundert Träume. Aber das ist eine eigene Geschichte, die ich Ihnen gerne erzählen werde, sobald die Zeit dafür reif ist.

Wenn Sie wollen. Bis dann.
Herzlichst

Clochmar

Wie sich Clochmars Leben in Berlin mit ihrem Freund Rick und ihrer Gefährtin Vivina gestaltet und ob die Drei sich trauen, ihr Leben in der Stadt für ein gemeinsames Leben in der Provence aufzugeben, können Sie in dem dritten Band

Clochmar – Eine traumhafte Entscheidung

erfahren.

Er erscheint Ende 2002.

ISBN 3-8311-3884-2

Näheres dazu erfahren Sie so bald als möglich auf Clochmars Homepage:
www. clochmar.de

Die Autoren:

Annette Sütsch,
Jahrgang 1960, lebt in Berlin, liebt die Provence und arbeitet an dem nächsten Band von Clochmar.

Norbert Sütsch,
Jahrgang 1957, lebt meist in der Provence, arbeitet als freier Autor für Filmgesellschaften und an der Fortsetzung seines Märchenromans „Das Lächeln des Regenbogens".

Annette & Norbert Sütsch

CLOCHMAR

eine märchenhafte Freundschaft

96 Seiten
ISBN 3-8311-2558-9

Das einsame Leben der streunenden provencalischen Hündin Clochmar verändert sich schlagartig, als ein Pärchen aus Berlin in Clochmars Lieblingshaus Urlaub macht und Clochmar erkennt:

Was das Schicksal dir auf der einen Seite nimmt,
gibt es dir auf der anderen Seite wieder zurück.
Man muss die andere Seite nur finden,
das ist das Problem im Leben.

Norbert Sütsch

DAS LÄCHELN

DES

REGENBOGENS

Ein Märchen - nicht nur für Erwachsene

96 Seiten – illustriert

ISBN 3-926789-00-X

Auf der Suche nach ihrem Traum begegnet Ayala dem Zauberer Wittov, von dem sie erfährt, dass die Herzen derer, die ihre Träume aufgeben und vergessen, leer bleiben und dass diese Menschen nicht mehr lachen können. Am Ende der abenteuerlichen Reise erkennt Ayala: „Es gibt nur einen Weg zu seinen Träumen zu finden, der Glaube an sich selbst.“

Sigrid Früh & Roland Kübler

FEUERBLUME

Märchen von Liebe,

Lust und

Leidenschaft

152 Seiten – illustriert

mit CD

ISBN 3-926789-28-X

„Feuerblume" nimmt die Leser mit auf eine Reise in das Grenzenlose Land der Liebe, für das es auch heute noch keine Landkarte gibt.

Mit der beigelegten CD ist dieses Buch

Ein Fest für alle Sinne